Ce secret dévoilé

CAITLIN CREWS

Ce secret dévoilé

Traduction française de
ÉLISABETH MARZIN

AZUR

HARLEQUIN

Collection : Azur

Titre original :
THE SECRET THAT CAN'T BE HIDDEN

HARPERCOLLINS FRANCE
83-85, boulevard Vincent-Auriol, 75646 PARIS CEDEX 13
Service Lectrices — Tél. : 01 45 82 47 47 - www.harlequin.fr
ISBN 978-2-2804-6626-4 — ISSN 0993-4448

Composé et édité par HarperCollins France.
Imprimé en décembre 2021 par CPI Black Print (Barcelone)
en utilisant 100% d'électricité renouvelable.
Dépôt légal : janvier 2022.

FSC www.fsc.org MIXTE Papier issu de sources responsables FSC® C159065

Pour limiter l'empreinte environnementale de ses livres, HarperCollins France s'engage à n'utiliser que du papier fabriqué à partir de bois provenant de forêts gérées durablement et de manière responsable.

1.

Jamais elle n'avait eu à affronter une situation aussi humiliante… Kendra Connolly inspira profondément. Oui, cette situation était impossible, mais elle n'avait pas le choix.

Elle devait faire ce qu'il y avait à faire.

Sa famille dépendait d'elle. Pour la première fois.

Il y avait déjà beaucoup trop longtemps qu'elle était dans sa voiture dans le parking souterrain de la Skalas Tower en plein centre de Manhattan.

Elle n'avait qu'un délai limité pour apparaître sur les caméras de l'ascenseur avant que les agents de sécurité qui l'avaient contrôlée à l'entrée du centre de décision nord-américain d'un des hommes les plus riches du monde vérifient où elle se trouvait. Les minutes filaient, et pourtant elle était toujours là, agrippée au volant, à tenter de se donner du courage pour affronter l'épreuve redoutable qui l'attendait.

Sans y parvenir.

— Il doit y avoir une autre solution, avait-elle dit à son père.

Tant de fois que c'était devenu une supplication.

Elle était prête à tout pour éviter… ça. Mais Thomas Pierpont Connolly était resté de marbre. Comme toujours.

— Pour l'amour du ciel, Kendra, s'était-il exclamé un

peu plus tôt, quand elle avait tenté une dernière fois de le faire changer d'avis.

Il était renversé en arrière dans son énorme fauteuil en cuir, les mains jointes sur sa chemise de golf tendue à craquer. Parce que rien ne pouvait l'empêcher d'aller jouer quelques trous au Wee Burn quand il séjournait dans la propriété familiale du Connecticut datant du Gilded Age, située au bord du détroit de Long Island.

— Pense à quelqu'un d'autre qu'à toi-même, pour changer. Ton frère a besoin de ton aide. Ça devrait te suffire.

Elle n'avait pas osé répondre qu'elle ne partageait pas cette analyse de la situation.

Tommy Junior avait toujours été un problème, mais leur père refusait de le voir. Pour Thomas Pierpont Connolly, son fils avait toujours été un petit prodige. Quand Tommy avait été exclu de toutes les pensions de la côte Est, Thomas avait dit de lui qu'il était « plein de vivacité ». Quand Tommy avait été exclu de l'université – malgré la bibliothèque que son père avait fait construire pour obtenir son admission –, Thomas avait mis ça sur le compte de « cette détermination sans faille des Connolly ».

Les tentatives infructueuses de Tommy en matière de création d'entreprise avaient coûté des fortunes à son père, mais celui-ci les avait considérées comme des efforts remarquables pour perpétuer la tradition familiale. Le dilettantisme avec lequel il assumait la vice-présidence de l'entreprise familiale – beaucoup de notes de frais pour très peu de travail – était loué par Thomas comme une preuve qu'il « jouait le jeu ».

Tout ce que faisait Tommy trouvait grâce aux yeux de son père.

Kendra, pour sa part, avait été un accident tardif au cours du mariage courtois mais glacial de ses parents. À sa naissance, Tommy avait quatorze ans et il en était déjà à sa cinquième pension. Ses parents fortunés n'avaient jamais su quoi faire d'elle.

Elle avait été confiée à des nurses, ce qui lui avait convenu parfaitement. La vieille fortune des Connolly, qui consumait la vie de son père et de son frère, ne lui importait que dans la mesure où leurs biens incluaient la vaste propriété du Connecticut. Elle pouvait s'y pelotonner dans un coin isolé et s'évader dans ses livres.

Sa mère était plus accessible que son père, mais à une condition. Qu'elle se conforme en tout point au modèle de jeune fille de la haute société en vigueur dans la famille maternelle, dont les ancêtres étaient arrivés sur le continent à bord du *Mayflower*.

Pour faire plaisir à sa mère, Kendra était allée à Mount Holyoke College, comme toutes les femmes de la famille depuis la fondation de l'université. Cependant, au fil des années, elle avait compris que la seule manière de retenir l'attention de son père était d'essayer de faire partie de l'unique chose qui comptait pour lui. Son entreprise.

Si elle avait su…

Les minutes continuaient de filer, et elle n'avait pas envie d'expliquer pourquoi elle traînait les pieds aux agents de sécurité, qui avaient déjà effectué une fouille minutieuse de sa voiture et de sa personne avant d'envoyer sa photo à l'étage de la direction.

Où, lui avait-on expliqué froidement, elle était attendue. Dans les dix minutes, sous peine d'être considérée comme susceptible de compromettre la sécurité de la société.

Kendra se força à descendre de voiture. Elle frissonna, alors qu'il ne faisait pas froid. Elle n'aimait pas New York. C'était ça le problème. Trop bruyant, trop animé, *trop*. Même ici, plusieurs niveaux sous la célèbre Skalas Tower, merveille d'architecture de verre et d'acier, elle avait l'impression de sentir le poids de ces milliers de *vies* qui inondaient les rues. Au-dessus d'elle.

Ou peut-être était-ce l'anxiété qui lui donnait ce sentiment.

Elle avait été persuadée pendant si longtemps qu'elle ne se retrouverait plus jamais en face de Balthazar Skalas…

Elle lissa sa jupe crayon, mais ne céda pas à l'envie de remonter en voiture pour vérifier pour la trente-sixième fois son maquillage délibérément discret. À quoi bon ? Il n'y avait pas d'échappatoire. Elle allait se retrouver en face de lui. Et, à vrai dire, il était même probable qu'il la reconnaisse.

À cette pensée Kendra sentit son cœur s'affoler, mais elle l'ignora résolument et se dirigea à grands pas vers les ascenseurs.

Ça faisait des années, après tout. Et la rencontre allait avoir lieu dans un immeuble de bureaux. Pas dans une des réceptions guindées organisées par ses parents, où se pressaient les riches et les puissants et où elle était censée se présenter comme la fierté de sa mère et le faible de son père. Ces réunions étaient les seules occasions qu'elle avait eues de rencontrer le genre de personnages influents que son père et son frère admiraient, comme Balthazar Skalas lui-même.

Parce que Thomas Connolly n'avait aucune intention de laisser sa fille travailler à ses côtés au sein de son entreprise.

Quant à Tommy, il s'était toujours moqué de ses ambitions. Elle aimerait croire qu'il avait voulu la tenir à distance parce que sinon elle aurait découvert plus tôt ce qu'il mijotait. Cependant, elle n'était pas dupe. Tommy ne se préoccupait absolument pas d'elle. Et il ne se sentait en aucun cas menacé par ce qu'elle pourrait faire ou non, comme il le lui avait dit clairement aujourd'hui.

Il serait raisonnable de se demander pourquoi, alors que son père et son frère l'avaient toujours traitée comme une intruse en plus d'un accident – et que sa mère ne s'intéressait à elle qu'entre deux obligations mondaines –, elle avait accepté cette corvée pour leur rendre service.

Tout le problème était là.

C'était le seul service qui lui avait jamais été demandé.

Par conséquent, elle ne pouvait s'empêcher de penser que c'était son unique chance de faire ses preuves. De démontrer qu'elle était une Connolly digne de ce nom et pas un simple accident. Qu'elle méritait d'avoir sa place dans l'entreprise et d'être autre chose que la poupée occasionnelle de sa mère. Et – qui savait ? – d'être enfin traitée comme une des leurs.

Alors, peut-être, elle ne se sentirait plus aussi seule. Si elle leur montrait qu'elle était utile, elle ne se sentirait peut-être plus aussi exclue.

Elle avait beau se répéter que c'était juste parce qu'elle était beaucoup plus jeune que son frère ou parce qu'elle représentait un moment étrange du mariage de ses parents, ça ne l'empêchait pas de souffrir d'être aussi facilement ignorée.

Oui, peut-être que cette fois elle pouvait leur prouver qu'elle faisait vraiment partie de la famille.

Et si elle pensait que pour une fois Tommy ferait mieux d'accepter la sanction qu'il méritait pour sa conduite, tant pis. Mieux valait garder cette opinion pour elle.

L'estomac noué, Kendra s'immobilisa devant l'ascenseur au-dessus duquel était indiqué Bureaux de la direction, entra le code qui lui avait été fourni et pénétra dans la cabine dès que les portes s'ouvrirent sans bruit devant elle.

Son cœur se mit à faire des bonds dans sa poitrine, mais elle fit de son mieux pour l'ignorer.

— Je ne comprends pas pourquoi tu penses qu'un homme aussi puissant et inflexible que Balthazar Skalas m'écoutera, avait-elle dit à son père, assise dans le fauteuil inconfortable situé devant son bureau.

Elle avait eu envie d'ajouter : « Mon propre père ne m'écoute pas, pourquoi, lui, le ferait-il ? » Mais elle s'était abstenue.

— Il y aurait plus de chances qu'il t'écoute.

Thomas avait émis un rire amer. Et, pour une fois, il l'avait regardée dans les yeux sans prendre son air condescendant habituel.

— Balthazar Skalas ne veut plus entendre parler de la société Connolly. De son point de vue, je suis aussi coupable que Tommy.

Elle n'avait pas pu s'empêcher de se réjouir. De se dire qu'en principe cela devrait inciter son père à regarder la réalité en face en ce qui concernait son fils. Mais sans illusions.

— Raison de plus pour refuser de m'écouter, il me semble, avait-elle insisté. Étant donné que je suis moi aussi une Connolly.

— Kendra. S'il te plaît. Tu n'as rien à voir avec la société. Tu dois en appeler à… son sens de la famille.

Son esprit avait été envahi par ces images trop éclatantes, trop sexy de Balthazar Skalas qui l'accompagnaient partout mais qu'elle s'efforçait de refouler. Parce qu'il était… trop. Trop dangereux. Trop arrogant. Trop beau. Même son nom évoquait sa nature diabolique.

Mais sans refléter réellement son pouvoir de séduction redoutable. Cette bouche cruelle, ces yeux plus étincelants que les flammes de l'enfer… Elle avait senti qu'elle devenait écarlate. Heureusement, son père ne faisait pas assez attention à sa fille unique pour s'apercevoir de ce genre de détail.

— Son sens de la famille ? avait-elle répété d'une voix

calme dont elle avait été très fière. Je croyais que son frère et lui se livraient une sorte de guerre civile.

— Il est peut-être en guerre contre son frère, mais je ne conseille à personne de s'attaquer à celui-ci. Ils dirigent toujours la même société.

— Je suis sûre d'avoir lu un article selon lequel ils ont fractionné la société de façon que chacun d'eux soit…

— Dans ce cas, tu dois séduire l'homme, Kendra, avait coupé son père d'une voix ferme.

Ils s'étaient regardés, de part et d'autre de l'imposant bureau qui, selon lui, avait été gagné par un de ses ancêtres lors d'un pari avec Andrew Carnegie. Elle s'était dit qu'elle avait mal entendu. Ou mal compris. Les battements de son cœur étaient devenus assourdissants.

Par miracle, elle avait réussi à faire bonne contenance.

Mais, au cas où elle aurait eu le moindre doute sur ce que son père avait voulu dire, juste après qu'elle eut quitté le bureau, Tommy avait surgi devant elle au détour du couloir.

— Non, mais regarde ta tenue, avait-il déclaré en la toisant de la tête aux pieds. On dirait une secrétaire. Ce n'est pas vraiment ce qu'on attend de toi.

— Inutile de me remercier de voler à ton secours, avait-elle répliqué avec vivacité. Le sacrifice est gratifiant en lui-même.

Il lui avait saisi le bras. Avec une brutalité sans nul doute délibérée. Mais elle avait appris depuis longtemps à ne jamais montrer le moindre signe de faiblesse devant lui.

— Je ne sais pas ce que papa t'a dit, mais il n'y a qu'un seul moyen de régler le problème, avait-il dit d'un ton hargneux. Il faut faire en sorte que Skalas ne tente pas d'engager des poursuites contre moi. Et ce n'est pas en te présentant à lui dans ces vêtements informes que tu vas nous tirer d'affaire.

— Je vais en appeler à son sens de la famille, avait-elle rétorqué en ignorant ses commentaires.

Discuter avec lui ne servait à rien. Il avait toujours été odieux. Toujours.

Il avait eu un rire qui lui avait fait froid dans le dos.

— Balthazar Skalas hait sa famille. Évoquer de vieux souvenirs ne l'intéresse pas. En revanche, il est toujours à l'affût d'une nouvelle maîtresse, d'après la rumeur.

— Tu n'es pas sérieux…

— Tu as une occasion de prouver que tu n'es pas inutile, Kendra. Si j'étais toi, je ne la gâcherais pas.

Plusieurs heures plus tard, Kendra était toujours hébétée. Dans les miroirs qui tapissaient la cabine d'ascenseur, elle voyait la terreur sur son visage. Peut-être avait-elle mal compris son père. Peut-être Tommy avait-il dit ces horreurs par habitude. Parce que, pour lui, être détestable était une seconde nature… Elle déglutit péniblement. Si seulement ! Mais non, inutile de se raconter des histoires. Elle n'y croyait pas une seule seconde. Ce que son père et son frère attendaient d'elle était très clair. Assaillie par une bouffée d'angoisse, elle inspira profondément.

En réalité, quelle différence y a-t-il entre un mariage sans amour et une relation sexuelle intéressée ?

Tommy lui avait peut-être demandé de coucher avec un homme, mais sa mère essayait de la marier depuis des années. Emily Cabot Connolly n'avait pas compris pourquoi sa fille n'avait pas quitté l'université avec une bague au doigt en plus d'un diplôme en poche. Et elle avait vu d'un très mauvais œil les démarches de Kendra auprès de son père pour obtenir un poste dans l'entreprise familiale. Parce que ce n'était pas comme ça qu'elle trouverait un mari convenable.

« Je n'ai pas envie de me marier », avait protesté Kendra la dernière fois que le sujet avait été abordé, quelques semaines auparavant, sur le chemin d'un thé organisé au bénéfice d'une des associations caritatives soutenues par Emily.

« Ma chérie, personne n'a envie de se marier. Tu as certaines responsabilités dues à ta position sociale. Et certaines compensations pour les choix auxquels elles t'obligent. Qu'est-ce que l'envie a à voir avec ça ? » avait conclu sa mère en riant.

Elle savait que sa mère attendait d'elle qu'elle suive son exemple. Qu'elle se marie pour consolider des biens. En compensation elle mènerait une vie oisive à laquelle elle pourrait donner un sens en s'engageant dans des organisations caritatives. Ou des fondations. Selon sa préférence. Si elle le souhaitait, elle pourrait même faire une escapade en Europe comme sa grand-tante, la brebis galeuse de la famille, et « oublier » de revenir.

De ce point de vue, devenir la maîtresse d'un homme comme Balthazar Skalas reviendrait à peu près au même que faire un mariage de ce genre. Pendant une durée plus brève.

L'essentiel, c'était la compensation, pas la relation.

Sauf que, pour sa part, elle voulait choisir sa vie. Mais ça, tout le monde s'en moquait.

L'ascenseur montait à une telle vitesse que son estomac jouait au yoyo. Heureusement que la lumière rouge d'une caméra de surveillance clignotait dans un coin. Ça l'obligeait à faire bonne contenance. Elle était là pour une réunion d'affaires, en jupe crayon, chemisier de soie noire et escarpins à talons d'une hauteur raisonnable, tenue qui lui donnait le sentiment d'être la vice-présidente de l'entreprise familiale. Ce qu'elle avait bien l'intention de devenir un jour.

Non, elle n'avait pas l'air d'une secrétaire, se dit-elle en étudiant son reflet.

Mais elle n'avait pas non plus l'air d'une femme prête à auditionner pour devenir la maîtresse d'un homme comme Balthazar Skalas.

Un homme qui ne se souviendrait pas d'elle. Depuis leur rencontre, il avait dû aller à des milliers de réceptions et troubler des milliers de femmes, qui comme elle devaient parfois se réveiller en pleine nuit le corps en feu. Kendra vit ses joues devenir écarlates et détourna les yeux de son reflet. Peu importait ce que lui avaient dit son père et Tommy, c'était à elle de décider comment s'y prendre. Le mieux était de garder une attitude mesurée sans nier les fautes de Tommy ni tenter de trouver de bons côtés à un homme qu'elle savait implacable.

À moins qu'il se souvienne de toi.

Les portes de l'ascenseur se rouvrirent et elle sortit dans un couloir au sol de marbre, avec le nom de la société gravé dans la pierre sur le mur.

SKALAS & FILS

Un peu comme si c'était une petite entreprise familiale, alors que de son vivant Demetrius Skalas avait été l'homme le plus riche du monde.

À sa mort ses deux fils avaient pris les rênes de la multinationale, qui opérait dans plusieurs secteurs d'activité. Loin de laisser péricliter l'entreprise, comme l'avaient prédit tous les analystes, ils avaient doublé ses bénéfices en deux ans. Chacun d'eux était désormais beaucoup plus riche que l'avait jamais été leur père.

Un détail que les articles qu'elle avait lus sur la famille Skalas – et elle les avait tous lus – ne manquaient jamais de souligner.

Balthazar était l'aîné. Il partageait son temps entre le siège de la société à Athènes et diverses succursales comme celle de New York, et il était considéré comme le plus sérieux des deux frères. Constantine, qui se distinguait par son goût immodéré pour les voitures de sport et les top models, passait plus de temps dans les bureaux de Londres.

D'après la rumeur, ils se détestaient.

Cependant, les frères Skalas ne commentaient jamais ni l'un ni l'autre les rumeurs concernant leur vie privée.

Il était bientôt 20 heures – seul moment de la journée où le grand Balthazar Skalas avait réussi à trouver un créneau dans son emploi du temps surchargé –, si bien que Kendra s'attendait à trouver l'étage vide. Mais un bruit confus indiquait le contraire, et en se dirigeant vers la réception elle vit des gens aller et venir d'un air affairé comme si c'était le début de la matinée.

La jeune femme assise derrière le bureau de la réception lui adressa un sourire factice.

— Mademoiselle Connolly, je suppose ?

Incapable d'articuler un son, Kendra hocha la tête. La jeune femme pressa quelques boutons.

— M. Skalas est en ligne, mais il va vous recevoir dans quelques instants.

Elle se leva et invita Kendra à la suivre derrière des portes vitrées donnant sur un couloir. Marchant d'un pas vif, sur des talons aiguilles qui n'avaient rien de raisonnables, elle semblait glisser sur coussin d'air.

Kendra déglutit péniblement. Elle n'était pas du tout à la hauteur… Mais impossible de faire demi-tour. Elle n'avait pas d'autre choix que de suivre la réceptionniste. Tournant le dos à la partie des bureaux d'où provenait le bruit, celle-ci l'entraîna dans un long couloir de marbre dont un mur était dédié à une impressionnante collection d'œuvres d'art. De l'autre côté, des baies vitrées courant du sol au plafond offraient une vue plongeante sur Manhattan. L'estomac noué, Kendra avait l'impression de marcher sur les remparts d'un château médiéval. Obligée de s'offrir en sacrifice à un roi terrifiant pour sauver son village…

Non, ce genre de pensée ne risquait pas de l'aider à se détendre.

Au bout du couloir, la réceptionniste la fit entrer dans une salle d'attente au décor encore plus luxueux que la salle de réception. Et où régnait un calme absolu.

— Vous êtes dans la salle d'attente privée de M. Skalas. Installez-vous, je vous en prie. Si vous avez besoin de quoi que ce soit, n'hésitez pas à en faire part à l'équipe du secrétariat qui se trouve de l'autre côté du hall, ajouta la réceptionniste.

Puis elle disparut.

Laissant Kendra seule, sentant monter la panique.

Impossible de s'asseoir, elle était trop nerveuse. Elle se dirigea vers la baie vitrée et regarda la vue. *Il n'y a rien à craindre. Il ne se souviendra pas de toi.*

Le véritable problème, c'était qu'elle, en revanche, se souvenait beaucoup trop bien de lui.

Quel gala de bienfaisance sa mère avait-elle organisé cette année-là dans la propriété familiale ? Ça, elle ne s'en souvenait pas. Elle venait de quitter Mount Holyoke avec son diplôme en poche, certaine que quelques mois plus tard elle occuperait le poste qui lui revenait dans l'entreprise familiale. Elle avait donc jugé opportun d'assumer le rôle de la femme d'affaires qu'elle comptait devenir.

Elle n'avait peut-être pas choisi le monde des affaires par goût – elle préférait de loin un bon livre à lire dans un endroit tranquille aux déjeuners d'affaires et autres obligations mondaines –, mais qui avait dit que la vie ressemblait aux rêves ? Elle avait donc fait un effort. Elle ne se sentait pas radieuse et pleine d'entrain, comme il se devait d'après sa mère, mais elle avait décidé de faire semblant.

Un cocktail à la main, elle s'était mêlée à la foule, discutant et riant avec tout le monde jusqu'à en être épuisée. Si bien qu'après le dîner, elle s'était éclipsée pour faire une pause. Le bal était sur le point de commencer sous la tente majestueuse dressée sur la partie de la pelouse qui offrait la vue la plus spectaculaire sur le détroit de Long Island.

Kendra ne prêta pas attention à la femme en pleurs qu'elle croisa sous le treillis en voûte, dans l'allée conduisant à sa gloriette favorite qui dominait le rivage rocheux. Par cette belle soirée, le parfum des fleurs se mêlait à l'odeur de l'herbe et des embruns dans l'air délicieusement tiède. Derrière elle la musique de l'orchestre était assourdie par la distance, tandis que les lanternes espacées le long de l'allée diffusaient une lumière douce, beaucoup moins intrusive que l'éclairage de la tente. Elle pouvait arrêter de sourire. Elle pouvait respirer.

Ce fut seulement quand elle monta les marches de la gloriette qu'elle le vit. Appuyé contre la balustrade dans la pénombre.

Elle eut la respiration coupée. Comment avait-elle pu ne pas sentir sa présence ? Il émanait de lui un tel magnétisme…

Il portait un costume sombre qui, en principe, ne le distinguait en rien des autres hommes présents à la soirée. Sauf que le costume en question soulignait une silhouette athlétique parfaite. Il avait la mâchoire crispée, le regard étincelant, d'épais cheveux noirs tout ébouriffés. Comme s'il venait d'y passer les doigts. Non, sans doute ne s'agissait-il pas de ses doigts à lui…

Le ciel était dégagé, mais elle eut soudain l'impression qu'un orage menaçait. Il arqua un sourcil arrogant.

— Je ne crois pas avoir demandé une remplaçante.

Interloquée, elle ne comprit pas cette déclaration. Cela n'empêcha pourtant pas un trouble intense de l'envahir. À cause de sa façon de la regarder, se dirait-elle plus tard. Comme si le regard de cet homme l'avait éveillée à la vie. Elle n'avait jamais rien ressenti de tel.

Il lui avait fait signe d'approcher.

L'idée de ne pas obéir ne l'avait pas effleurée. Elle s'était avancée vers lui, assaillie par des sensations qu'elle n'avait jamais éprouvées auparavant. Ses seins, qu'elle avait tendance à oublier d'ordinaire, étaient lourds et semblaient vouloir percer le tissu de sa robe. Et puis il y avait cette chaleur exquise entre ses cuisses…

Envoûtée par le regard de cet homme, elle ne pouvait rien faire d'autre que d'avancer vers lui.

— Empressée, murmura-t-il.

Que voulait-il dire ? Elle ne comprenait pas ses paroles, mais le seul son de sa voix l'électrisait. Comme si elle était une petite chose frémissante qu'il pouvait facilement prendre au creux de sa main…

Il referma celle-ci sur la nuque de Kendra et l'attira encore plus près. Elle posa instinctivement les mains sur le torse de l'homme et sa chaleur l'enveloppa tout entière. Ses jambes menacèrent de la lâcher.

— Très bien, dit-il. Tu feras l'affaire.

Puis il l'embrassa dans le cou.

Elle perdit la raison.

Il n'y avait pas d'autre explication. Les lèvres de cet homme sur sa peau la rendirent folle. Elle ouvrit la bouche sur un cri silencieux et renversa la tête en arrière, s'abandonnant aux sensations inouïes qui l'assaillaient.

La main refermée sur sa nuque glissa jusqu'à sa hanche et l'agrippa pour plaquer son bassin contre le sien.

Un nouveau cri silencieux resta coincé au fond de

sa gorge. Elle entendait la musique au loin, les rires, le tintement des verres. Mais elle était en feu.

Une main se glissa sous sa robe. Elle ouvrit la bouche, déterminée à protester, à mettre fin à cette folie. De nouveau, aucun son n'en sortit. Les lèvres de l'inconnu papillonnaient dans son cou, sa langue jouait avec la petite veine qui battait frénétiquement à sa base.

Pendant ce temps sa main remontait lentement le long de la cuisse de Kendra. Puis, avant qu'elle trouve les mots pour protester – ou pour l'encourager ? –, ses doigts se glissèrent sous l'élastique de sa culotte.

Depuis toujours elle se considérait comme douée d'un sang-froid à toute épreuve. Beaucoup plus jeune que son frère, elle avait été élevée comme une fille unique. Toujours en compagnie d'adultes. Toujours censée se conduire comme si elle avait plusieurs années de plus que son âge. En pension puis à l'université, ses amies avaient toujours laissé leur fougue les entraîner sur des chemins douteux. Pas elle. Jamais.

Mais cette nuit, elle n'était plus elle-même.

Parce qu'un inconnu lui prodiguait des caresses diaboliques, Kendra n'existait plus.

Il n'y avait plus que le bras de cet homme dans son dos, ses lèvres sur son cou et ses doigts entre ses cuisses. Il murmura contre sa peau quelque chose qu'elle ne comprit pas.

Mais elle n'avait pas besoin de comprendre leur signification pour savoir que c'étaient des mots crus.

Le feu qui la dévorait s'intensifia.

Un sanglot étranglé s'échappa alors de sa gorge. L'inconnu répondit par un grognement. Et il accentua ses caresses.

L'explosion de plaisir qui la secoua lui arracha un cri perçant.

Un cri dont elle se demanda par la suite comment il avait pu ne pas résonner tout le long de la côte Est.

Lorsque les ondes qui la parcouraient finirent par s'estomper, elle rencontra le regard de l'homme. Si brûlant qu'une nouvelle onde se propagea dans tout son corps.

— Tu es surprenante, dit-il d'une voix rauque. Je suis rarement surpris. Viens.

Il retira les doigts de sa culotte et elle crut voir l'esquisse d'un sourire étirer ses lèvres quand elle vacilla sur ses jambes.

— Viens ? répéta-t-elle, hébétée.

— Tu m'as mis l'eau à la bouche et j'aime déguster les mets appétissants. J'ai une maison pas loin d'ici.

Elle retrouva brusquement le sens des réalités. Que lui avait-il pris ?

Cette question, elle se la posait toujours trois ans plus tard. Elle n'aimait pas évoquer ce souvenir. Il remontait à trois ans mais elle avait l'impression que c'était arrivé hier. Les sensations restaient vivaces, comme si c'était en train de lui arriver en ce moment même, plusieurs centaines de mètres au-dessus de Manhattan, devant cette baie vitrée contre laquelle elle s'appuyait des deux mains.

Un frisson parcourut la nuque de Kendra. Elle inspira profondément et se retourna.

Il était debout dans l'encadrement d'une porte qu'elle n'avait pas remarquée et qui avait dû s'ouvrir silencieusement. Depuis combien de temps la regardait-il ?

Il était exactement comme dans son souvenir. Balthazar Skalas, le diable en personne. Une lueur moqueuse dansait dans ses yeux noirs, sa bouche avait un pli cruel.

Et, de toute évidence, il se souvenait parfaitement d'elle.

— Kendra Connolly, dit-il comme s'il goûtait son nom.

Des éclairs jaillirent de ses yeux noirs et un long frisson la parcourut tout entière.

— Décidément, tu ne manques pas d'aplomb. Tu es venue pour finir enfin ce que tu as commencé ?

2.

Balthazar Skalas détestait la famille Connolly.

Il méprisait depuis longtemps Thomas Connolly, qui se croyait beaucoup plus charismatique qu'il ne l'était et qui estimait que ce prétendu charisme faisait de lui une force avec laquelle il fallait compter. En réalité, il n'impressionnait que les gens vulnérables, ce qui en faisait un ennemi juré de Balthazar et de son frère. Quant à son fils, c'était un incapable par ailleurs parfaitement ridicule.

Il y avait des années que Balthazar attendait le moment propice pour s'occuper de Connolly père. Il aurait pu passer sur les idioties du fils – ou du moins les ignorer, comme tout ce qui ne méritait pas qu'il s'y attarde – si cet imbécile de Tommy Connolly ne s'était pas imaginé qu'il pouvait le voler en toute impunité.

Concrètement, qu'un petit malin ait surfacturé une commande à Skalas & Sons pour empocher la différence n'était pas un drame. Pour Balthazar, le problème, ce n'était pas l'argent mais le principe. Il ne pouvait pas tolérer que Tommy Connolly croie qu'il pouvait le duper.

Cependant, il fallait reconnaître que lui envoyer la fille pour racheter les péchés de la famille était astucieux. Il aurait refusé de recevoir le père ou le fils.

— J'ai cru à une erreur de mon secrétariat quand on m'a dit que vous aviez appelé à plusieurs reprises.

Il étudia attentivement la jeune femme. Derrière elle,

les gratte-ciel de Manhattan scintillaient au soleil, mais elle n'en paraissait que plus rayonnante.

— En insistant pour obtenir un rendez-vous, alors que, la dernière fois que je vous ai vue, vous ne pensiez qu'à prendre la fuite.

Ce soir-là, Kendra l'avait dupé. Or, personne ne le dupait jamais. *Jamais*. D'ailleurs, pour être honnête, s'il détestait autant la famille Connolly c'était avant tout à cause d'elle. Le vol commis par son frère n'avait fait que conforter Balthazar dans son opinion. Qui datait de sa rencontre avec elle, des années auparavant.

Il n'avait pas l'habitude de vouloir des choses qu'il ne pouvait pas obtenir.

Instantanément.

— C'est ma famille qui m'envoie, déclara Kendra Connolly d'un ton posé.

Elle adoptait une attitude professionnelle, mais le rouge qui colorait ses joues et l'éclat de ses yeux d'or trahissait la sensualité dont il gardait le souvenir.

Menteuse, donc. Il ne devrait pas éprouver la moindre surprise.

Et encore moins ce sentiment étrange un peu trop proche de la déception à son goût.

— Ils vous considèrent comme l'arme la plus appropriée, n'est-ce pas ? Je crois que votre famille commet une erreur.

Elle cilla mais ne perdit pas contenance. Ce qui était arrivé plus d'une fois à des PD-G imbus d'eux-mêmes, au premier signe de mécontentement de sa part.

Contrairement à ces derniers, Kendra… le perturbait. Il ne se rappelait que trop bien la sensualité brûlante avec laquelle elle avait réagi à ses caresses. Mais pourquoi l'avait-elle marqué à ce point ? C'était un mystère. D'ordinaire le souvenir des femmes s'estompait rapidement dans sa mémoire. Elles se fondaient toutes dans un même brouillard de réminiscences, délicieuses mais vagues. Alors qu'elle… Il se souvenait du goût de sa peau soyeuse. De l'intensité de sa jouissance sous ses doigts.

Dire qu'il en était contrarié serait un euphémisme.

— Je vous suis reconnaissante de me recevoir, dit-elle sur le même ton posé en joignant les mains.

Une attitude qui pouvait suggérer le calme et l'assurance. Sauf que ses doigts crispés trahissaient au contraire une grande nervosité. Pourquoi trouvait-il ça… réconfortant ?

— Je ne suis pas venue pour tenter d'excuser la conduite de mon frère.

— J'espère bien. Il a commis un vol. Il a volé *mon* argent. Pire encore, il a cru qu'il pouvait le faire en toute impunité.

Balthazar eut un sourire froid.

— C'est cette arrogance que je ne peux pas tolérer.

Cette petite veine qui battait frénétiquement à la base du cou de Kendra, il y avait posé les lèvres. Était-ce pour cette raison qu'il ne parvenait pas à en détacher les yeux ? Décidément, l'effet que lui faisait cette femme était exaspérant.

— Je n'attends pas de vous que vous lui pardonniez. Ce que j'espère, c'est que vous et moi puissions parvenir à un accord. S'il y a un moyen de vous dissuader de porter plainte, je serais heureuse de savoir lequel.

Balthazar laissa échapper un petit rire de dérision. Puis il se détourna et rentra dans son bureau, une immense pièce qui semblait flotter au-dessus de Manhattan en raison des baies vitrées qui occupaient deux côtés, du sol au plafond. Comme sa taille et sa vue panoramique, son luxueux décor de granit et d'acier proclamait la richesse et l'influence de son occupant.

Balthazar Skalas aimait bien annoncer qui il était. Afin qu'il n'y ait aucune ambiguïté.

Il fit le tour de l'énorme bloc de granit qui lui servait de bureau et réprima un nouveau rire de dérision. Sans surprise, Kendra l'avait suivi et elle se tenait dans l'encadrement de la porte, visiblement hésitante.

— Qu'est-ce qui vous fait croire que je pourrais me laisser convaincre ? demanda-t-il avec curiosité. C'est d'une présomption incroyable. Vous devez avoir une très haute estime de vous-même si vous vous imaginez capable de me convaincre de quoi que ce soit.

Elle étendit les mains devant elle dans un geste de capitulation.

— Je ne vais pas prétendre que mon frère Tommy n'a pas un comportement problématique.

— Vous êtes quand même ici. Envoyée pour le défendre. Quels arguments pouvez-vous trouver pour défendre un être aussi irresponsable et autodestructeur ?

— Aucun.

Balthazar s'efforça de masquer sa surprise. Dire qu'il se targuait de ne jamais se laisser surprendre par personne… Debout derrière son bureau, il prit conscience qu'il tapotait la surface de granit. Allons bon, en plus il donnait des signes de nervosité. Chose qu'il s'interdisait d'ordinaire en public. Un grief de plus contre cette femme…

— Vous n'êtes pas venue ici pour plaider sa cause ?

— Comment le pourrais-je ? Je connais mieux que vous les défauts de mon frère, je vous assure. Je n'arrive pas à comprendre pourquoi il éprouve le besoin de maquiller les comptes alors qu'il a déjà plus d'argent qu'il lui en faut, mais il est clair qu'il l'a fait. Même mon père, le défenseur le plus ardent de Tommy, n'a rien trouvé à dire pour justifier son comportement. Tommy lui-même n'a fourni aucune explication.

— Bien sûr que non. La cupidité est quelque chose de très simple, *kopéla*. Il voulait davantage. Alors il l'a pris.

— Je ne vais pas feindre de comprendre toutes les subtilités de la comptabilité.

Elle releva le menton et soutint son regard, alors qu'il avait vu des hommes deux fois plus grands qu'elle trembler devant lui.

— Mais le vol, je comprends. Je suis prête à vous rendre l'argent, avec intérêts. Aujourd'hui.

— Vous ne comprenez pas, non. Je ne veux pas de votre argent. Je veux votre ruine.

Ou le déshonneur de son père... À la grande satisfaction de Balthazar, Kendra pâlit.

— Je sais que le préjudice s'élève à deux millions et demi, environ. Ce qui n'est pas rien. Mon père a l'intention de les rendre en les prélevant sur son compte personnel. En liquide, si nécessaire. Et il n'y a aucune raison que ça entraîne sa ruine.

Balthazar réprima un sourire. Il avait si souvent imaginé cet instant...

— Vous ne comprenez pas. Je ne parle pas d'argent. C'est votre famille que je veux voir ruinée, Kendra. Votre père et son arrogance en particulier. Vous savez aussi bien que moi que l'image de votre famille serait ternie pour toujours si je traînais votre frère devant les tribunaux. Personne ne serait surpris, remarquez. La haute société serait juste horrifiée que votre frère se soit fait prendre. Et je pense que les cercles que vous fréquentez actuellement deviendraient... moins accueillants avec le reste de votre famille.

Pour sa part il estimait que ce serait un bon début. Quant à Kendra, pour la première fois depuis le début de la conversation, elle semblait angoissée. Mais pourquoi cette constatation ne le réjouissait-elle pas autant qu'il l'avait escompté ?

— Il doit bien y avoir un moyen de vous dissuader de porter plainte, plaida-t-elle.

— Que possédez-vous qui pourrait m'intéresser, à votre avis ?

Elle déglutit péniblement, puis elle s'avança vers lui d'un air déterminé. Ses intentions n'auraient pas été plus claires si elle avait commencé à se déshabiller. Balthazar serra les dents, envahi par une colère mêlée d'amertume. Il s'y attendait, non ? C'était la confirmation de ce qu'il soupçonnait déjà. Trois ans plus tôt, elle avait été envoyée dans cette gloriette pour le tester.

Pour l'allumer.

C'était une manœuvre de Thomas Connolly, bien sûr. Et ce minable à l'arrogance insupportable avait réussi son coup !

Plutôt mourir sur-le-champ que reconnaître à quel point Thomas Connolly était parvenu à son but…

Parce qu'au début il ignorait qui elle était. Après le départ de Kendra, il était resté dans la gloriette beaucoup plus longtemps qu'il l'aurait dû, à tenter de comprendre ce qui s'était passé. Sans parvenir à se rappeler quand une femme l'avait fui pour la dernière fois. Pour la bonne raison que ça n'était jamais arrivé.

Les femmes avaient plutôt tendance à se jeter dans ses bras.

Ce soir-là il était irrité à cause d'Isabella, la maîtresse avec qui il avait rompu quelques minutes avant l'arrivée de Kendra. Pas à cause des insultes ni des accusations qu'elle lui avait lancées. Pendant les six mois qu'avait duré leur arrangement, il n'avait jamais prêté grande attention à ses scènes. Si elle l'avait exaspéré, c'était parce qu'elle avait voulu lui imposer une discussion au lieu de satisfaire son appétit sexuel. Elle était partie en larmes, mais il ne s'était pas inquiété pour elle. Il était conscient qu'elle pleurait moins leur relation que l'allocation qui allait avec. Il savait également que, dès son retour parmi les invités de la soirée, ses larmes s'arrêteraient miraculeusement de couler et qu'elle commencerait aussitôt à chercher un nouveau bienfaiteur. En se réjouissant de l'avoir laissé en proie à la frustration.

Il avait envoyé un message à son assistante pour qu'elle annule le virement permanent d'Isabella, puis il était resté là, s'efforçant de surmonter sa contrariété.

Et Kendra était apparue.

Il ignorait qui elle était, et elle lui avait fait l'effet d'une bouffée d'air frais à côté d'Isabella, à la beauté artificielle.

Ces joues roses. Ces taches de rousseur sur le nez – une imperfection qu'il croyait rédhibitoire dans les grandes familles de la soi-disant élite américaine. Ses cheveux étaient relevés en un chignon sophistiqué mais des mèches folles s'en échappaient, et leurs reflets cuivrés brillaient comme des flammes dans la lumière douce des lanternes disséminées dans le parc.

Elle s'était immobilisée devant lui comme un faon effarouché, les yeux écarquillés et les lèvres entrouvertes.

Il ne croyait pas en l'innocence. Et pourtant, cette nuit-là, il avait été tenté d'imaginer qu'elle pourrait être l'exception confirmant la règle.

Elle l'avait très vite détrompé.

Aucune jeune fille innocente n'aurait pu s'offrir à ses caresses sans hésitation, et jouir sous ses doigts aussi intensément. Jamais il n'avait été excité à ce point. Jamais. Il n'avait eu qu'une envie. S'enfermer avec elle dans une chambre, lui enlever sa robe et assouvir son désir jusqu'à satiété.

Mais elle s'était enfuie.

Quand il avait fini par regagner la réception, abasourdi par ce qui lui était arrivé, tout était devenu clair.

Thomas Connolly, ce crétin pontifiant, était en train de faire un discours avec sa famille autour de lui. Tommy, l'héritier alcoolique au sourire satisfait, persuadé que son argent lui garantissait l'impunité de ses crimes. L'épouse sous tranquillisants, le regard inexpressif.

Et Kendra, la fille, aussi dépravée que les autres malgré son air innocent.

Dix-huit mois plus tard, quand les premières anomalies relatives aux expéditions de la famille Connolly avaient été détectées dans les comptes de Skalas & Sons, Balthazar aurait pu réagir. Mais il s'était souvenu de cet épisode dans la gloriette. De la sensualité torride de Kendra. Et il avait attendu.

Il ne s'était pas contenté de fermer les yeux sur les malversations de Tommy. Il les avait favorisées, afin que ce dernier n'ait aucune chance de s'en sortir le moment venu.

Kendra s'immobilisa juste devant son bureau. Il réprima une moue de dérision. Dire que trois ans plus tôt il avait d'abord eu l'impression qu'elle était une jeune fille innocente… Comment avait-il pu se laisser berner un seul instant ? L'innocence n'existait pas. Ni dans son monde à lui, ni dans sa famille à elle.

Pour sa part, il avait été élevé comme un Skalas, ce qui revenait pratiquement à se promener avec une cible dorée dans le dos. Tous ses amis – toutes ses maîtresses, tous ses collègues – l'avaient trahi ou étaient susceptibles de le faire si on leur offrait le bon prix.

Une leçon qu'il avait apprise très jeune.

Son propre frère le poignarderait allègrement dans le dos s'il pouvait en tirer profit. Il n'avait aucun doute à ce sujet. Voilà pourquoi Constantine et lui s'étaient partagé la société en deux parts égales. Mieux valait ne pas se soumettre mutuellement à la tentation, avaient-ils décidé.

La menace d'une destruction réciproque en cas de conflit

faisait qu'ils restaient en bons termes, contrairement à ce que racontaient les tabloïds.

— Que m'offrez-vous exactement ? demanda-t-il en s'efforçant de garder une voix égale malgré la rage qui le faisait bouillir.

Elle était suffisamment proche à présent pour qu'il puisse lire son expression. Du moins essayer. Il jurerait que son visage reflétait de la détresse. Ou de l'appréhension.

Ou bien c'était tout simplement une bonne comédienne.

Trop bonne. Parce que ses lèvres tremblaient imperceptiblement... Mais non, c'était un effet de son imagination.

— Dites-moi votre prix, déclara-t-elle.

— Qu'est-ce qui pourrait m'intéresser, à votre avis ? Que pensez-vous avoir à m'offrir que je ne possède pas encore ?

Elle étendit de nouveau les mains devant elle.

— Moi.

La veine à la base de son cou battait de nouveau avec frénésie. Balthazar la considéra avec perplexité. Elle semblait très angoissée. Ce qui était impossible. Elle jouait juste la comédie pour mieux le duper. Comme trois ans plus tôt.

— Je crois que vous surestimez votre pouvoir de séduction, objecta-t-il avec une cruauté délibérée. Vous pensez vraiment que vous valez plus de 2 millions de dollars ?

Elle pâlit mais elle ne se laissa pas démonter.

— Bien sûr.

— Je ne veux pas vous insulter, mais je ne débourserais jamais un seul dollar pour quelque chose que je peux avoir gratuitement.

— Je croyais que vous aviez l'habitude d'entretenir des maîtresses, rétorqua-t-elle à sa grande surprise. Je ne vois pas où est la gratuité.

Il haussa les épaules avec une désinvolture étudiée.

— C'est une liaison que vous me proposez ? Devenir

ma maîtresse aussi longtemps que j'en aurai envie ? Il fallait le dire tout de suite. C'est tout de même plus tentant qu'une seule nuit.

Elle pinça les lèvres et crispa furtivement les poings avant de laisser tomber ses bras le long de son corps.

— Fantastique, dit-elle d'un ton enjoué qui sonnait faux. C'est ce que vous voulez ?

Il eut un sourire narquois.

— D'ordinaire, c'est moi qui fais ce genre de proposition. C'est la première fois que je suis pressé d'en accepter une par une femme prête à tout pour laver le nom d'un frère qu'elle aurait plutôt intérêt à renier.

— Les relations familiales sont compliquées.

— Il paraît. Les médias ne cessent d'inventer des fables censées expliquer celles que nous entretenons, mon frère et moi.

Il fit une pause et prit un air choqué.

— Mais je dois avouer que, lorsque je vous ai accordé ce rendez-vous, je ne m'attendais pas du tout à *ça*.

— À quoi vous attendiez-vous ? demanda-t-elle en relevant le menton.

— À des excuses, répliqua-t-il en la fixant jusqu'à ce qu'elle rougisse. Quelle martyre vous faites, Kendra.

— Je ne me considère pas comme une martyre, répliqua-t-elle, les yeux étincelants.

— Vraiment ? Et pourtant, vous êtes en train de vous sacrifier.

Il eut un petit rire moqueur.

— Vous ne comprenez pas comment ça marche, n'est-ce pas ? Vous êtes censée feindre d'être venue ici poussée par un désir irrépressible, quelles que soient vos véritables motivations.

— Dites-moi ce que vous voulez, implora-t-elle d'une

voix crispée. Il n'est pas nécessaire de jouer à tous ces jeux, n'est-ce pas ?

— Peut-être que ce que j'attends de vous, c'est que vous jouiez.

Elle déglutit péniblement.

— Très bien.

— Mais quels vont être les termes de notre accord ? demanda-t-il en faisant semblant de réfléchir. Il y a plusieurs points à préciser. Vous n'aurez droit à aucun soutien financier de ma part, puisque vous rembourserez une dette. Et j'exigerai un accès illimité.

— Un accès illimité…

Il eut de nouveau un rire moqueur.

— À votre avis, quel est le rôle d'une maîtresse ?

Le regard fuyant, elle s'éclaircit la voix.

— Pour être honnête, je trouve que c'est un mot désuet un peu ridicule.

— Vous pouvez appeler ça comme vous voulez. En réalité, c'est un arrangement. Je trouve préférable de formuler clairement mes exigences dès le départ. C'est le meilleur moyen d'éviter des malentendus fâcheux.

Il haussa les épaules.

— Je veux ce que je veux. Quand je le veux.

À son crédit, elle soutint son regard.

— Vous parlez de sexe.

— Oui, de sexe. Et de tout ce que je peux désirer d'autre.

Il ne put s'empêcher de rire devant l'effarement qui se peignit sur le visage de Kendra malgré ses efforts pour le masquer.

— Que vous m'accompagniez à des dîners, par exemple. Que vous soyez capable de charmer mes relations d'affaires pendant les dîners en question. Que vous ayez de la conversation et de la repartie. Tout en ressemblant à un accessoire luxueux que la plupart des hommes n'ont pas les moyens de s'offrir. Mais, si j'étais vous, je me concentrerais avant tout sur le sexe. Dans ce domaine, mes besoins sont très importants.

Kendra pâlit et il la considéra avec perplexité. S'il ne l'avait pas déjà vue en action, il serait presque tenté de penser qu'elle accomplissait cette mission contre son gré. Ou en tout cas sans le zèle auquel on pouvait s'attendre de la part d'une arnaqueuse comme elle. Digne fille de Thomas Connolly.

Parce qu'elle avait sans aucun doute déjà joué ce rôle. Sinon, pourquoi son père l'aurait-il envoyée ?

Tu le sais bien, qu'elle a déjà joué ce rôle. Avec toi.

— Et vous, vous êtes prêt ? demanda-t-elle après un silence. Si je deviens votre maîtresse, vous aurez des relations avec ma famille. Et ça ne vous plaira sans doute pas.

— Je ne crois pas que je serai celui pour qui ce sera le plus déplaisant.

— Par ailleurs nous pouvons nous mettre d'accord sur un arrangement, mais les tabloïds vont tirer des conclusions très différentes. Ils vont traiter ça comme une relation conventionnelle.

— Si les tabloïds ne tiraient pas de conclusions, ils n'existeraient pas. Ce qu'ils racontent ne m'intéresse pas.

— Très bien.

Elle redressa les épaules, comme si elle se préparait à livrer bataille.

— Comment ce genre de choses débutent-elles, normalement ?

Il réprima une moue de dérision. Elle faisait décidément très peu d'efforts pour lui cacher son manque d'enthousiasme…

— Je ne vous ai pas invitée à devenir ma maîtresse. Cette discussion est purement théorique.

— Théorique ? Que voulez-vous dire ? Je m'offre à vous.

Elle devint écarlate, et une fois de plus il se surprit à être beaucoup plus fasciné qu'il l'aurait voulu par ses réactions.

— Peut-être, mais vous n'êtes pas fiable. Vous êtes avant tout une Connolly, et donc par définition une menteuse. Mais surtout, vous avez déjà rusé avec moi une fois.

— Vous pensez que je…

Elle secoua la tête, visiblement abasourdie.

— *Mea culpa*. Apparemment, vous jouez à des jeux étranges. Si l'arrangement que vous avez suggéré vous-même ne vous intéresse pas, dites-moi ce qui vous conviendrait réellement.

Une fois de plus, il la considéra avec une perplexité mêlée de fascination. Pourquoi l'intriguait-elle à ce point ? Il savait qu'elle n'était qu'une menteuse. Aussi cupide et perfide que le reste de sa famille. Oui. Mais ça ne l'empêchait pas d'avoir envie d'elle. Terriblement envie.

Il n'y avait qu'un moyen de satisfaire ce genre d'envie, quel que soit le genre de femme qui l'excitait.

— Ce genre particulier d'arrangement requiert un acompte, répliqua-t-il.

D'un ton neutre.

— Un acompte. De sexe.

— Bien sûr. J'ai des besoins…

— … très importants, coupa-t-elle d'un ton vif. Je sais. J'ai entendu.

— Très importants, oui. Mais je demande également un certain niveau d'excellence. Sinon, quel intérêt ? Or, tout ce que je sais de vous, c'est que vous êtes égoïste. Allumeuse. Et aux ordres de votre famille. Rien de tout ça ne suggère que vous avez les qualités requises au lit.

— Dois-je comprendre que…

Les yeux d'or de Kendra étincelaient, mais sa voix était ferme. Sèche.

— Vous voulez que je passe une audition ?

— Il y a plus de 2 millions de dollars en jeu, Kendra, répliqua-t-il en réprimant un sourire amusé. Je veux être sûr que j'en aurai pour mon argent.

Elle allait partir en courant. En criant, peut-être… Parce que, même si elle avait l'habitude de régler les problèmes familiaux en couchant avec des hommes – une idée assez déplaisante, à vrai dire –, il y avait peu de chances pour qu'un seul d'entre eux lui ait déjà parlé de cette manière.

Tous ces joueurs de golf BCBG avec leurs pulls pastel, qui descendaient de soi-disant vieilles familles dans un pays encore adolescent. Tous ces diplômés de l'Ivy League, qui formaient l'élite de la nation. Toutes ces absurdités américaines, plusieurs millénaires après les transformations majeures apportées au monde par son propre pays.

Ces prétentions à l'aristocratie des Américains, c'était quelque chose… Il ne savait jamais si ces hommes lui inspiraient de l'admiration ou de la pitié.

Mais imaginer n'importe lequel d'entre eux avec Kendra était désagréable.

Et, contre toute attente, cette situation dans laquelle il la mettait lui causait des remords au lieu de lui procurer une satisfaction intense. Mais mieux valait ne pas s'y attarder.

— C'est légitime, répliqua-t-elle à sa grande surprise.

En haussant les épaules avec une désinvolture qui le piqua au vif.

— Ici ? ajouta-t-elle en arquant un sourcil.

Il fut transpercé par une flèche de désir qui lui coupa le souffle. Dire qu'il s'attendait à ressentir uniquement la joie de la vengeance…

Une vengeance à laquelle il n'était pas question de renoncer. Il s'était juré de rayer la famille Connolly de la carte, un membre après l'autre.

Et il allait commencer tout de suite.

— Ici c'est parfait. Vous pouvez vous déshabiller.

3.

Pourvu que le sol s'ouvre sous ses pieds... Au grand désespoir de Kendra, il ne se passa rien.

Il n'y avait même plus de mots pour qualifier la situation dans laquelle elle se trouvait. Elle n'avait qu'une envie. Prendre ses jambes à son cou. Malheureusement, c'était impossible.

Parce qu'elle était l'unique chance de Tommy. Elle n'estimait peut-être pas beaucoup son frère, mais si Balthazar Skalas le traînait en justice, ses parents ne s'en remettraient pas.

Certes, une leçon d'humilité ne ferait pas de mal à son père. Sa mère, en revanche, ne méritait pas ça. Après tout, Emily n'avait jamais fait que ce qu'on attendait d'elle. Méritait-elle vraiment de subir le mépris de toutes les femmes qui avaient fait les mêmes choix qu'elle ? Parce que c'était ce qui lui arriverait à coup sûr.

Il semblait injuste qu'Emily doive payer pour les erreurs de Tommy.

Mais honnêtement, il semblait tout aussi injuste qu'elle-même doive le faire.

Mais elle avait accepté cette mission, non ? Elle voulait aider sa famille, même si elle ne voulait pas *ça*.

Menteuse. Tu en rêves.

Impossible d'ignorer cette petite voix intérieure. Parce

que ce qui s'était passé avec cet homme la hantait depuis des années. Pourquoi avait-elle autant de mal à l'admettre ?

Elle inspira profondément. Il fallait qu'elle se ressaisisse. Oui, Balthazar Skalas était aussi odieux – et aussi attirant – que dans son souvenir. C'était une force de la nature. Si fascinant qu'on ne parvenait pas à en détacher les yeux. La perspective de coucher avec cet homme la mettait dans un état d'excitation si intense qu'il en était presque insupportable. Elle n'était pas sûre d'y survivre.

Oh ! je t'en prie. Les gens le font tout le temps. En ce moment même, il y a des millions de gens dans le monde qui sont en train de le faire.

Elle s'éclaircit la voix. Si seulement elle pouvait s'éclaircir les idées aussi facilement…

— En clair, vous voulez que je me mette nue ici, dans votre bureau. Maintenant.

— Atermoyer n'est sans doute pas une bonne façon de commencer cet arrangement. Ni n'importe quel arrangement en général, d'ailleurs. Mais surtout celui-ci, je dirais…

Il semblait amusé. Au plus haut point. Ses yeux noirs pétillaient de malice et le pli cruel de sa bouche avait laissé place à une moue narquoise. Comme si l'idée qu'elle était acculée à lui obéir le réjouissait.

C'était vraiment un homme ignoble. Sa façon de parler du sexe et des femmes… C'était très révélateur sur sa personnalité…

Mais ce n'était pas le problème, non ?

Tu te moques de sa personnalité.

La seule chose qui comptait, c'était de savoir jusqu'où elle était prête à aller. Elle n'avait pas à se préoccuper de ce qu'il pensait d'elle. Ni de ce que les autres, quels qu'ils soient, pensaient d'elle. Elle avait été envoyée ici pour le persuader par n'importe quel moyen.

Tout à coup elle se sentit libre.

Elle avait toujours eu peur de commettre une maladresse, d'embarrasser ses parents, de créer des problèmes… Mais aujourd'hui, tout ça ressemblait aux craintes dérisoires d'une fille dont elle se souvenait à peine.

Parce qu'elle se trouvait devant Balthazar Skalas, qui voulait qu'elle se déshabille.

Ses yeux noirs fixés sur elle étincelaient. De haine ? Oui, sans aucun doute.

Il haïssait sa famille. Vu ce que Tommy avait fait, elle pouvait difficilement lui en vouloir. Et puisqu'elle faisait partie de cette famille, il devait la haïr elle aussi. Mais quelle importance ? Elle s'en moquait éperdument. Non, c'était faux, comprit-elle quand son cœur se serra furtivement.

Tant pis. Elle n'avait pas d'autre choix que de faire ce qu'il attendait d'elle.

Ne serait-ce que parce qu'elle était la seule à pouvoir résoudre ce problème. Ni son père ni Tommy n'en avaient les moyens. Elle, si.

Il suffisait de faire ce qu'il lui demandait.

Tu es libre.

Plus libre qu'elle l'avait jamais été, en fin de compte.

— Très bien, dit-elle en prenant un air qu'elle espérait digne. Si c'est ce que vous voulez.

— Il y a autre chose qu'il vaut mieux que vous sachiez à mon sujet, commenta-t-il d'un ton posé qui contrastait avec l'éclat de ses yeux. Je n'aime pas me répéter.

Tout à coup elle eut la tentation de répondre par une plaisanterie. Ou peut-être… se mettre au garde-à-vous ? Elle se mordit la lèvre. Non, tout indiquait qu'elle avait intérêt à s'exécuter sans attendre. Et après tout, se déshabiller devant lui ou dans le cabinet d'un médecin, ça revenait à peu près au même…

Elle resta immobile.

Elle s'exhorta à bouger, mais son corps n'obéit pas. Seul son cœur se manifestait. À grands coups.

Pendant que Balthazar Skalas continuait de la fixer, implacable, l'air toujours aussi narquois.

Tout se brouilla dans l'esprit de Kendra. Voulait-elle aider sa famille ou bien prouver à Balthazar Skalas qu'elle était capable de faire ce qu'il lui demandait ? Parce qu'il était visiblement persuadé du contraire…

Tout à coup, ce fut comme si sa vie avait été destinée depuis toujours à aboutir à cet instant. Comme si elle devait à tout prix faire ses preuves de cette façon étrange ou mourir.

Elle enleva ses chaussures. Puis, en soutenant le regard de Balthazar Skalas, elle descendit la fermeture Éclair de sa jupe qui tomba à ses pieds. Elle sortit du cercle de tissu et son cœur fit un petit bond dans sa poitrine. Le regard de Balthazar venait de changer. Il était devenu brûlant. Si brûlant qu'elle avait l'impression de sentir sa main entre ses cuisses.

Cette main experte dont elle rêvait si souvent depuis trois ans.

Elle enleva son chemisier de soie noire et le laissa tomber par terre. Les yeux toujours plongés dans ceux de Balthazar. Mieux valait se perdre dans son regard incandescent que d'admettre qu'elle était en face de lui en culotte et soutien-gorge.

Il s'était figé. Comme s'il était changé en pierre… Elle dégrafa son soutien-gorge et le laissa glisser par terre.

Un petit bruit s'échappa de la gorge de Balthazar. Un grognement presque imperceptible mais qui suffit à déclencher en elle un feu d'artifice de sensations. Sa respiration s'accéléra sans qu'elle parvienne à la contrôler.

Il y avait tellement d'électricité dans l'air que celui-ci

semblait parcouru de vibrations qui se répercutaient en elle. C'était si intense que ça en devenait presque douloureux.

Mais elle n'avait pas terminé. Elle n'avait pas le temps de s'attarder sur les réactions multiples de son corps. Il fallait avant tout qu'elle montre à cet homme à quel point il se trompait à son sujet.

Elle ôta sa culotte et la laissa tomber sur ses vêtements en tas.

Elle avait les joues en feu. Et tout son corps devait être aussi écarlate qu'elles... Elle était en proie à un tel tourbillon d'émotions et de sensations mêlées qu'elle en avait le vertige. Mais elle était incapable d'analyser ce qu'elle ressentait. Incapable du moindre raisonnement...

Parce que le regard de Balthazar se promenait sur elle, plus brûlant que jamais.

À sa grande consternation, il fit le tour de son bureau. *Non, tu n'es pas consternée et tu le sais parfaitement.*

Il n'avait pas dit qu'il la toucherait aujourd'hui. S'il osait, elle... Elle quoi ? Elle s'indignerait ? Elle le repousserait ? Allons donc... Imaginer ses mains sur elle décuplait l'intensité des sensations qui la transformaient en pile électrique. Entre ses cuisses son sexe palpitait, brûlant, impatient...

Balthazar se contenta de s'immobiliser devant elle, le visage impénétrable. Il la contempla en silence pendant une éternité. Trois éternités.

Puis il commença à tourner autour d'elle.

Comme si elle était un cheval.

— Vous voulez inspecter mes dents ? demanda-t-elle d'un ton caustique.

— Pas encore.

Il prit tout son temps. Elle sentait son regard dans son dos, sur ses fesses. Et son cœur battait de plus en plus fort.

Il revint devant elle et ce fut encore pire. Lorsqu'il posa

les yeux sur ses seins, elle sentit leurs pointes se hérisser, à sa grande humiliation. Son regard descendit plus bas et il murmura :

— Incroyable… J'étais certain que cette couleur n'était pas naturelle.

Elle comprit avec un temps de retard de quoi il parlait. Et sentit le feu se répandre sur ses joues puis sur tout son corps. Furieuse contre elle-même, elle serra les dents. Sa peau devait être assortie à ses cheveux et à ses poils pubiens…

— Il y a des tas de choses que je trouve surprenantes chez vous, *kopéla*, poursuivit Balthazar sur le ton de la conversation.

Comme s'ils étaient à un dîner ennuyeux et qu'il s'efforçait d'être poli. Comme si elle n'était pas *nue* devant lui…

— Cette démonstration d'obéissance, par exemple. J'aurais juré qu'une fille de votre milieu trouverait ça au-dessus de ses forces.

— Je vous ai dit que j'étais venue pour racheter les fautes de mon frère, si possible.

Il l'étudia un instant d'un air sévère.

— Quelle fille dévouée vous êtes, Kendra. Votre frère ne mérite pas une sœur comme vous, vous ne croyez pas ?

Elle ne répondit pas.

— Jusqu'où va cette obéissance ?

Il restait là devant elle, le diable en costume noir. Un costume qui lui allait beaucoup trop bien…

— Si je vous demandais de vous agenouiller pour me satisfaire avec votre bouche, le feriez-vous ? Si je vous renversais sur ce bureau pour prendre mon plaisir sans me préoccuper du vôtre, l'accepteriez-vous ? Après tout, les options sont nombreuses pour cette audition.

Ce fut seulement à cet instant qu'elle prit réellement conscience de la position délicate dans laquelle elle se trouvait. Et s'il décidait de choisir les options qu'il venait de décrire ? Elle ne savait pas si cette perspective la terrifiait ou non…

— Regardez-vous, poursuivit-il d'une voix grave qui la fit frissonner. Si déterminée à faire ce qu'on attend de vous.

La respiration hachée, elle fut incapable de prononcer un mot.

Il posa la main sur sa joue dans un geste qui n'avait rien d'affectueux. Et qui l'électrisa. Réprimant un gémissement, elle se mit à trembler de tout son corps.

Il eut un rire sinistre.

— Vous n'êtes pas du tout une martyre, n'est-ce pas, Kendra ? dit-il d'un ton méprisant. Vous êtes juste une petite traînée.

Le temps qu'elle admette qu'elle avait bien entendu, il avait quitté le bureau.

La laissant seule, nue et malade de honte.

Toute la chaleur accumulée en elle sembla se dissiper. Tout à coup elle était glacée. Elle se mit à claquer des dents. Ses doigts étaient gourds mais elle fit de son mieux pour remettre tous les vêtements qu'elle avait laissés tomber par terre.

Que lui avait-il pris ? Comment avait-elle pu se mettre dans cette position ? Comment avait-elle pu avoir envie de… ? Mais peu importait. Ce n'était pas le moment de se lamenter en boucle. Elle aurait tout le temps plus tard.

Ce qui importait pour l'instant, c'était qu'il n'avait rien accepté.

Il avait très bien pu quitter son bureau pour appeler les autorités tout de suite, et tout ça n'aurait servi à rien. Elle n'y survivrait sans doute pas.

Lorsqu'elle eut enfin terminé de se rhabiller, elle prit le temps de se regarder dans le miroir accroché au mur. Elle mourrait vraiment de honte si elle sortait dans ces couloirs au décor luxueux… les cheveux tout ébouriffés. Comment avait-elle pu… ? Stop. Elle aurait le reste de sa vie pour regretter ce qui s'était passé dans ce bureau. Pour l'instant, il fallait trouver un moyen d'éviter que Balthazar Skalas porte plainte contre son frère.

Elle se dirigea vers la porte, l'esprit en ébullition. Elle aurait dû se douter qu'il ne se priverait pas de l'humilier. De toute évidence, il avait l'intention d'humilier toute la famille Connolly. Et, pour être honnête, elle ne pouvait pas lui en vouloir. Deux millions de dollars, ce n'était pas exactement de l'argent de poche.

D'accord, peut-être que pour Balthazar Skalas ce n'était que de l'argent de poche.

Mais qu'il veuille punir celui qui l'avait volé, quoi de plus normal ? S'efforçant de réfléchir à un nouveau plan, elle quitta le bureau à grands pas. Et s'arrêta net.

Balthazar était là. Adossé au mur, il attendait.

Pouvait-elle en conclure qu'il n'avait toujours pas averti les autorités ? Sans doute. Tout n'était pas perdu.

C'est ta dernière chance de rattraper le coup. Ne la gâche pas.

— Je suis déçue, dit-elle en se dirigeant vers lui tout en intimant à ses genoux de ne pas se dérober sous elle. Je m'attendais à une réaction moins puérile de votre part qu'une injure de ce genre.

— Vraiment ? Je ne vois pas pourquoi.

— Pour plusieurs raisons. Il me semble qu'un homme qui a l'habitude d'entretenir ses maîtresses doit préférer les femmes expérimentées.

Il partit d'un grand éclat de rire, qui la mortifia. Il se moquait d'elle. Et il l'avait déjà rejetée. Que pourrait-elle avoir d'autre à lui offrir ?

— Retournez voir votre père et votre frère, et racontez-leur ce qui s'est passé, déclara-t-il quand il eut retrouvé son sérieux. Je suis sûr qu'ils seront très fiers de vous pour votre dévouement. Mais une question évidente se pose. Combien de fois avez-vous déjà fait une démarche de ce genre sur leur ordre ?

— C'est une question philosophique, répliqua-t-elle dans un effort pour paraître spirituelle plutôt qu'anéantie. Naît-on femme déchue ou le devient-on ?

L'éclat des yeux noirs s'intensifia et elle prit conscience qu'elle reculait en même temps qu'il avançait vers elle. Non, il fallait rester immobile, tenir bon…

Mais c'était plus fort qu'elle. Elle reculait au fur et à mesure qu'il avançait.

— La philosophie des femmes déchues, dit-il d'un ton songeur qui contrastait avec son regard déterminé. J'avoue que je n'y ai jamais pensé.

— Bien sûr. À quoi bon réfléchir à ce genre de choses, quand on a l'habitude d'utiliser les femmes et de les jeter selon son humeur ?

Que s'imaginait-elle ? se demanda-t-elle aussitôt. Que ses paroles pouvaient l'atteindre ? Que quoi que ce soit pouvait l'atteindre ? Elle recula encore et prit conscience trop tard qu'elle venait de franchir à reculons la porte de son bureau.

— Si nous vérifiions votre théorie ? demanda-t-il d'une voix rauque.

Elle s'immobilisa, comme ensorcelée. Il tendit la main et la referma sur sa nuque, comme trois ans plus tôt. La respiration hachée, les jambes tremblantes, elle resta figée.

Puis la bouche de Balthazar captura la sienne et tout son corps s'embrasa.

4.

Il aurait dû la laisser partir.

C'était son plan. L'humilier, puis la renvoyer.

Une vengeance méritée après son départ précipité de la gloriette, trois ans plus tôt. Ainsi qu'une vraie gifle pour son père et son frère, qui braquaient pour la seconde fois sur lui leur arme secrète minable. Il avait été impatient de la retourner contre eux sans leur donner ce qu'ils attendaient de lui.

Et c'était en se félicitant d'avoir atteint son objectif qu'il avait attendu qu'elle sorte piteusement du bureau.

Mais elle avait franchi la porte de nouveau tirée à quatre épingles dans sa jupe et son chemisier, avec une mine qui n'avait rien de piteux. Comme si rien ne s'était passé. Elle avait juste le regard un peu terne.

Et la voix un peu rauque.

Franchement, que lui avait-il pris ? Il se le demandait encore. Peut-être était-ce parce qu'elle ne s'était pas effondrée qu'il avait lancé le mot « traînée ».

Il avait été incapable de se contrôler. Ou plus précisément tout à fait capable de se contrôler – une aptitude acquise sous les coups de son impitoyable père –, mais sans la moindre envie de le faire.

Et à présent sa bouche dévorait enfin la sienne.

Enfin.

Il était arrivé à Balthazar de se demander si le souvenir

qu'il gardait de Kendra n'avait pas été magnifié par le temps. Dès l'instant où ses lèvres s'étaient posées sur les siennes, tous ses doutes s'étaient évanouis.

La bouche de Kendra Connolly était encore plus savoureuse que prévu. Plus chaude, plus ardente… Ce baiser était encore plus brûlant que ses souvenirs. Cette femme était encore plus fantastique dans la réalité.

Ça valait le coup d'attendre.

Il s'efforça de chasser cette pensée de son esprit, mais elle s'y incrusta. Comme s'il avait vraiment attendu cet instant pendant tout ce temps. Comme s'il ne s'agissait pas simplement de saisir l'occasion de lui rendre la monnaie de sa pièce.

Sans cesser de l'embrasser, il chercha à tâtons la porte de son bureau derrière elle et la claqua. À présent il pouvait oublier le monde extérieur et se concentrer sur l'essentiel. Ce désir qui le dévorait.

Kendra lui avait prouvé qu'il ne s'était pas trompé à son sujet. Qu'elle était la femme pour laquelle il l'avait prise trois ans plus tôt. Elle s'était offerte à lui. Elle était venue négocier son corps avec l'ennemi de sa famille pour éviter des ennuis à son frère. Dans les tout premiers instants de leur rencontre dans la gloriette, il s'était imaginé qu'elle était innocente. Puis il avait été convaincu du contraire, et il avait eu raison.

Ce qui était une grande chance.

Parce qu'il n'avait aucun scrupule à avoir. Il n'avait aucune raison de ne pas prendre ce qu'elle lui avait proposé.

Il entraîna Kendra à travers la pièce en direction du canapé, mais celui-ci lui parut soudain beaucoup trop loin. Il bifurqua vers le bureau et la renversa sur le vaste plateau de granit.

Comme l'agneau du sacrifice.

Cette pensée lui traversa l'esprit mais il l'ignora. Il ne s'agissait pas d'un sacrifice, mais d'un règlement de comptes.

Cette bouche… Il ne s'en lassait pas… Penché sur elle, il s'abandonna pendant beaucoup plus longtemps qu'il l'aurait voulu au simple plaisir de l'embrasser.

Encore et encore.

Un plaisir simple, peut-être, mais d'une intensité inouïe.

Ça valait vraiment le coup d'attendre.

Cette pensée l'arracha à la bouche de Kendra. Que lui arrivait-il ? Pour la première fois de sa vie, il se sentait presque déstabilisé par une femme.

Déstabilisé ! Alors que son père lui avait fait payer très cher chaque moment de faiblesse… Jusqu'à cet instant, il était persuadé de n'avoir plus que de la force en lui.

Ce fut seulement lorsqu'il posa les lèvres sur la petite veine qui battait frénétiquement à la base du cou de Kendra, qu'il se rappela que trois ans plus tôt il ne l'avait pas embrassée. Voilà qui expliquait pourquoi ce baiser l'avait enivré à ce point…

Il mourait d'envie de la déshabiller pour la voir nue de nouveau, mais était-il en état de gérer la situation ? Pas sûr…

C'était une leçon d'humilité.

Lui, Balthazar Skalas, qui avait fait ses preuves tant et tant de fois au cours de sa vie. Qui avait résisté aux coups de son père, à la défection de sa mère, aux amitiés intéressées, aux escrocs de toutes sortes attirés par la fortune et l'entreprise des Skalas.

Il se croyait depuis toujours endurci jusqu'à l'os.

Mais cette petite menteuse envoyée par un homme qu'il méprisait, un homme qui avait demandé à Kendra de vendre son corps pour préserver son incapable de frère…

Pourquoi était-ce cette fille qui parvenait à le désarçonner ?

Il revoyait son corps, comme si elle n'avait pas remis ses vêtements. Il la revoyait debout devant lui, pas tout à fait à l'aise dans sa nudité, mais pas écrasée de honte non plus.

Balthazar pensa à la Grèce, son pays qu'il aimait tant. Les statues de déesses, poitrine nue, étaient l'objet d'un respect mêlé d'admiration. Eh bien, il n'était pas exclu que, lorsqu'il contemplerait ces œuvres d'art désormais, il voie Kendra. Seins petits mais pleins, avec des bourgeons rosés. Ventre imperceptiblement arrondi. Triangle de boucles cuivrées au sommet des cuisses.

S'il la déshabillait maintenant, alors qu'il avait le goût de sa bouche dans la sienne, il risquait de ne pas s'en remettre.

Quelle idée absurde ! Il secoua la tête, irrité contre lui-même. Malgré tout, au lieu de lui enlever sa jupe, il commença à la remonter sur ses cuisses. Elle laissa échapper une sorte de petit soupir, puis elle souleva son bassin pour l'aider à faire glisser le tissu jusqu'à sa taille.

Il sentait le parfum de son désir…

Un parfum entêtant de fleurs épanouies dans un jardin, avant un orage d'été.

Il faillit perdre complètement le contrôle de lui-même.

Que lui arrivait-il ? C'était insensé…

Elle était allongée devant lui, brûlante de désir à en juger par l'exaltation qui se lisait sur son visage. Il devrait éprouver un sentiment de triomphe mêlé de cynisme.

Des femmes séduisantes, il en avait eu beaucoup. Mais cette fois c'était différent. C'était Kendra Connolly. Et même si ça lui coûtait, il fallait bien reconnaître qu'il y avait très longtemps qu'il imaginait une scène comme celle-ci.

Quand il avait découvert que son frère avait été assez stupide pour commettre une erreur aussi grossière, il avait jubilé. Parce qu'il avait espéré se retrouver dans la position où il était en ce moment même ? Certes, il s'attendait au marché qu'elle lui avait proposé. Mais il avait prévu de le refuser. De ne la recevoir que pour saisir cette occasion d'humilier un membre de la famille Connolly.

S'était-il menti ? Oui, à l'évidence. Dès le départ il avait été motivé par l'envie de terminer ce qui avait été ébauché trois ans plus tôt. Impossible de le nier.

En proie à une ivresse tout à fait inhabituelle, Balthazar prit place entre les cuisses de Kendra et la tira vers lui de façon que ses fesses soient au bord du bureau. Elle leva les bras au-dessus de sa tête et se cambra avec une grâce et un naturel qui le bouleversèrent. Mais il décida d'ignorer l'émotion étrange qui lui serrait le cœur pour se concentrer sur l'essentiel.

Il ouvrit sa braguette et libéra son sexe. Enfin.

Une sorte de hoquet lui fit lever le regard. Les yeux écarquillés, Kendra se mordait la lèvre inférieure.

Il sentit son cœur se serrer de plus belle. Elle était l'image même de l'innocente sur le point de capituler… Il ne l'avouerait jamais à personne – il avait déjà beaucoup de mal à se l'avouer à lui-même –, néanmoins tout au fond de lui il aimerait que ce ne soit pas une image mais la réalité.

C'était déjà le problème trois ans plus tôt. Et c'était encore pire aujourd'hui…

Il fit glisser la culotte de Kendra sur ses hanches, puis il la déchira d'un coup sec et la jeta par terre. La chair de poule hérissa la peau des cuisses de Kendra et elle se couvrit le visage avec ses bras. Il réprima une moue de dérision. Comme si elle pouvait cacher qu'elle avait envie de lui…

S'il était davantage maître de lui-même, il lui immobiliserait les mains au-dessus de la tête pour pouvoir étudier son visage. Mais il n'avait pas le sang-froid nécessaire… Dès que son sexe entra en contact avec le sien, il perdit toute retenue. Elle était trop… beaucoup trop… Avec un grognement étranglé il plongea en elle d'un seul coup de reins puissant.

Elle se cambra encore et il agrippa ses hanches. C'était si bon… Elle le rendait fou. À tel point qu'il risquait de…

Pas question.

S'arc-boutant au bureau, Balthazar s'efforça de se ressaisir. La respiration de Kendra était hachée, constata-t-il alors. Et une vive rougeur s'était répandue sur son cou.

— Montre-moi ton visage, intima-t-il.

Elle maintint ses bras en place encore un moment avant de les écarter. Ses joues étaient encore plus rouges que son cou et ses yeux si brillants qu'il se figea. Elle semblait au bord des larmes… Mais c'était impossible, bien sûr.

— Je ne comprends pas pourquoi on s'arrête, lança-t-elle.

Il y avait une note étrange dans sa voix. Et une lueur tout aussi étrange dans ses yeux. Des yeux beaucoup trop brillants…

— C'est ce que tu veux, non ? insista-t-elle. Alors vas-y. Ne te retiens surtout pas.

Il eut la vague impression d'une alarme qui se déclenchait en lui, mais il n'eut pas le temps de s'y attarder. Kendra noua les chevilles sur ses reins avec un grognement étouffé.

Puis elle plongea son regard dans le sien et se mit à onduler des hanches.

Ça n'avait rien de sophistiqué ni d'élégant, mais curieusement c'était sans doute la scène la plus érotique qu'il ait jamais vécue.

Il s'attendait à des gestes experts, à des soupirs aguicheurs.

Pas à cette recherche déterminée du plaisir avec cet air impérieux. Il devrait être rebuté. Il était incroyablement excité.

C'était magique.

Il glissa les mains sous ses fesses et souleva son bassin pour mieux aller et venir en elle. Lentement. Avec la même détermination qu'elle. Avec la même intensité. Coup de reins après coup de reins, sans détacher son regard du sien.

Et il se passa une chose extraordinaire. La dureté disparut des yeux de Kendra. Son regard se fit à la fois plus vague et plus brûlant. Balthazar maintint le rythme, fasciné par le rouge qui se répandait sur tout son corps. Elle se tendit et renversa la tête en arrière avec le même abandon que trois ans plus tôt. Et, comme cette fois-là, elle poussa un cri aigu.

Fou de désir, il se pencha sur elle et pressa les lèvres sur la petite veine à la base de son cou. Il accéléra le rythme et glissa la main entre eux. Tout en la caressant, il donna enfin libre cours à sa passion.

Il se défit des dernières bribes de sang-froid qui lui restaient.

Cette fois, lorsqu'elle se tendit contre lui en criant, elle l'entraîna avec elle au fond du gouffre de la jouissance.

Il s'abattit sur elle, réduit en pièces, à bout de souffle.

Pendant un long moment, il n'y eut que les coups assourdissants de leurs deux cœurs, presque comme s'ils battaient à l'unisson.

Il avait envie de la serrer contre lui. De parsemer son visage de baisers. Il avait envie de faire des tas de choses absurdes… Quand il prit pleinement conscience de ses désirs extravagants, il eut l'impression de recevoir une douche glacée.

Il se redressa à regret en s'enjoignant de se détourner aussitôt. Il en fut incapable. Il prit tout son temps, conscient que l'image de Kendra affalée sur son bureau, la jupe roulée jusqu'à la taille, rompue de plaisir, resterait sans doute gravée à tout jamais dans son esprit.

Tu es stupide. C'était une revanche, rien de plus.

À qui voulait-il faire croire ça ? Lui qui se considérait comme allergique à la malhonnêteté sous toutes ses formes.

Tandis qu'il se rajustait, elle descendit du bureau les yeux baissés. Elle remit sa jupe en place et lui redonna un aspect correct en la lissant avec efficacité. Ses cheveux en revanche la trahissaient. Ce qui était une idée plutôt réjouissante… Il ne lui conseilla pas de se recoiffer.

— On considère ça comme un acompte ? demanda-t-elle d'un ton si cinglant qu'il eut l'impression de recevoir une gifle.

Pourquoi ressentait-il ça comme une trahison ? Il n'y avait aucune raison. Il savait qui elle était.

Qui elle avait toujours été. Pourquoi ne pouvait-il s'empêcher de souhaiter qu'elle soit différente ? Il préféra éluder cette question, comme la précédente.

— Ne sois pas ridicule, Kendra, répliqua-t-il sur le même ton. Nous n'avons fait que terminer ce que nous avions commencé il y a trois ans.

Elle déglutit péniblement, mais à sa grande irritation elle continua de fuir son regard.

— L'un n'empêche pas l'autre, il me semble.

Il émit un petit rire dédaigneux.

— Je ne paierais pas 2 dollars pour quelque chose que je peux obtenir aussi facilement. Et encore moins 2 millions.

Cette fois elle leva les yeux et plongea dans le sien un regard étincelant. Sous lequel il ne put s'empêcher d'éprouver un sentiment qui ressemblait dangereusement à de la honte.

Loin de s'effondrer, elle releva le menton d'un air altier.

— Dois-je dire à mon frère de se préparer à vous voir au tribunal ?

— Tu peux dire à ton frère d'aller au diable, rétorqua-t-il avec humeur.

Il avait décidé d'ignorer la honte et il y parvenait sans peine. En revanche, il sentait toujours son sexe autour du sien. Et le goût de sa bouche dans la sienne. C'était horripilant.

— Tu peux y aller avec lui, d'ailleurs.

Les yeux d'or prirent un éclat inquiétant. Allait-elle fondre en larmes ? Qu'allait-il faire si elle se mettait à pleurer ?

Elle hocha la tête et dit d'un ton glacial :

— Compris.

Puis elle se dirigea à grands pas vers la porte, l'ouvrit et disparut. Comme si elle n'avait jamais mis les pieds dans son bureau.

Comme si elle n'avait jamais hurlé de plaisir quand il était au plus profond d'elle. Deux fois.

Ne laissant rien derrière elle à part un bout de dentelle déchirée qui avait été sa culotte.

Il resta planté là un long, très long moment. Son téléphone sonna. Son portable vibra. Une de ses secrétaires vint à la porte et prononça son nom. Puis elle battit en retraite quand il ne répondit pas.

Derrière les baies vitrées, New York était un fouillis de couleurs et de bruits.

Comme elle.

Alors qu'en lui il n'y avait rien d'autre qu'un grand froid.

Un grand froid qui s'intensifia quand il prit conscience, au bout d'un très long – beaucoup trop long – moment, que pour la première fois de sa vie il avait commis une erreur impardonnable.

Pour la première fois de sa vie, il n'avait pas utilisé de protection avec une femme – et pas n'importe quelle femme, mais la fille de l'homme dont il avait juré la perte.

Pire encore, cela ne lui avait même pas effleuré l'esprit.

5.

Trois mois plus tard, Kendra avait réussi à se convaincre que ce qui s'était passé à la Skalas Tower était une sorte de mauvais rêve.

Un cauchemar. Une horreur.

Ça, c'était ce qu'elle pensait le jour.

Mais parfois elle se réveillait en pleine nuit avec la sensation que Balthazar était en elle. Avec la certitude que si elle ouvrait bien les yeux pour chasser les dernières brumes de sommeil elle verrait son visage à la fois sévère et sensuel au-dessus d'elle.

Ce qu'elle ressentait dans l'obscurité de sa chambre n'avait rien à voir avec l'horreur. Mais ça, elle avait la sagesse de le garder pour elle.

D'autant qu'elle avait mieux à faire que de ressasser une soirée de pure démence datant de trois mois. Comme se trouver une nouvelle vie. Parce qu'elle avait laissé l'ancienne en miettes par terre dans le bureau de Balthazar Skalas, ce soir-là. Impossible de prétendre le contraire.

Quand elle était rentrée sans bonne nouvelle à leur annoncer, son père et son frère n'avaient pas été ravis. De son côté, elle n'avait pas été ravie non plus quand elle les avait trouvés en train de l'attendre. Pour la bonne raison que le retour en voiture depuis New York ne lui avait pas suffi pour se remettre de ce qui s'était passé.

— Eh bien ? avait lancé Tommy.

Avec humeur, comme si avoir attendu que sa sœur revienne de cette mission infâme était indigne de lui.

Alors que c'était pour lui qu'elle avait accompli cette tâche.

Un verre de gin à la main, il l'avait regardée avec dédain. Rien de nouveau, donc. Mais, après l'expérience plus qu'intense qu'elle venait de vivre, elle avait… craqué.

Pourquoi essaies-tu d'aider ton frère ? Alors que, de toute évidence, il n'envisagerait jamais un seul instant de faire de même pour toi ?

C'était la première fois qu'elle avait considéré la situation sous cet angle. Pourquoi tenait-elle à leur prouver – à lui et à son père – de quoi elle était capable ?

Pourquoi estimes-tu que tu as quelque chose à prouver ?

Elle n'avait pas trouvé la réponse à cette question.

C'était comme si accueillir Balthazar en elle l'avait profondément changée.

Elle avait le sentiment de ne plus être la créature naïve qui était partie de chez elle déterminée à terrasser un dragon et sauver sa famille. Elle n'était plus la même. Le dragon l'avait avalée vivante.

Ça avait été le premier signe que sa rencontre avec Balthazar l'avait transformée. Elle avait été capable de voir son frère égoïste et irascible tel qu'il était et elle n'avait pas éprouvé le besoin de tenter une nouvelle fois de faire ses preuves.

— À quoi t'attendais-tu ? avait-elle demandé depuis le seuil du bureau de son père.

Et, après avoir discuté avec Balthazar Skalas, elle avait trouvé que son frère n'était pas vraiment à la hauteur.

— Tu pensais vraiment qu'un homme comme lui se laisserait persuader d'oublier ce que tu lui as fait ?

— J'espère que tu n'es pas en train de dire que tu as

échoué, avait grondé son père, assis dans son fauteuil favori. Ce n'est pas ça, n'est-ce pas ?

À cet instant encore, elle avait eu envie de croire qu'il voulait qu'elle réussisse parce qu'il croyait en elle. Pas parce qu'il voulait qu'elle sauve la mise à Tommy.

Mais ce soir-là elle avait perdu sa capacité à se mentir.

— J'ai fait de mon mieux, avait-elle répliqué.

Que dire d'autre ? Même si elle leur avait expliqué ce qu'elle avait fait, ils n'auraient pas compris. Comment auraient-ils pu ? Elle avait haussé les épaules.

— J'ai essayé et j'ai échoué. Je ne sais pas ce qu'il va faire.

— Petite garce frigide ! s'était exclamé Tommy.

Leur père avait exprimé sa réprobation, mais Tommy n'avait pas retiré son injure. Il ne s'était pas calmé. Au contraire. Il avait lancé son verre contre le manteau de la cheminée d'un geste rageur.

— Je t'avais dit de ne pas t'habiller comme ça ! Pas étonnant que tu aies échoué. Regarde-toi ! On dirait une secrétaire mal fagotée. Qui aurait envie de ça ?

Elle avait regardé son frère avec sa mine hargneuse. L'image de Balthazar, superbe, sexy et plein d'assurance, s'était imposée à elle. Son frère ne soutenait pas la comparaison.

— Je me demande pourquoi vous fondiez tous vos espoirs sur moi si je suis aussi nulle, avait-elle commenté calmement.

Presque froidement.

— Je ne peux rien faire de plus. Et pour être honnête je trouve que j'en ai déjà fait trop. Surtout pour les remerciements que ça me vaut.

Sur ces mots elle avait tourné les talons et quitté la pièce sans prêter attention aux exclamations furieuses de son frère. Et sans un regard pour son père. Une idée révolutionnaire avait germé dans son esprit. Ce qui pouvait leur arriver à tous les deux ne la concernait pas.

Elle était montée en courant dans sa chambre d'enfant et elle avait verrouillé la porte derrière elle. Puis elle s'était laissée glisser par terre. Serrant ses genoux contre sa poitrine, elle avait essayé de réfléchir à ce qu'elle allait faire de sa vie. Puisque désormais tout avait changé.

Elle avait changé. Elle avait enfin regardé la vérité en face.

Malgré l'envie de trouver l'apaisement dans les larmes, ses yeux étaient restés secs. Elle était restée un moment assise par terre, accablée, puis elle avait réussi à se traîner jusqu'à la douche. Là, elle s'était frottée avec énergie en épuisant toute la réserve d'eau chaude, dans l'espoir d'effacer la soirée qu'elle venait de passer.

À cela aussi elle avait échoué.

C'était seulement plus tard, une fois dans son lit à baldaquin d'adolescente, qu'elle avait fini par s'autoriser à se remémorer tout ce qui s'était passé.

Il s'était penché au-dessus d'elle, l'air dur, presque furieux.

Comme il l'avait traitée de traînée, elle avait résolu de lui cacher qu'en réalité elle était tout le contraire. En se persuadant que, si elle ne lui disait rien, il ne soupçonnerait jamais que pour elle c'était la première fois. Qu'elle avait été si occupée à s'efforcer d'être parfaite qu'elle n'avait jamais trouvé de place pour un petit ami dans sa vie.

Ça ne me fera pas mal, s'était-elle répété. *Si ça faisait vraiment aussi mal que les gens le prétendent, personne ne recommencerait.*

Quand Balthazar s'était enfoncé en elle avec vigueur, elle avait eu l'impression de recevoir une violente décharge électrique entre les cuisses. Son corps avait réagi de lui-même. Elle s'était cambrée brusquement sans l'avoir voulu. Les bras croisés sur le visage, elle s'était mordue pour étouffer un cri. La douleur avait été fulgurante mais brève.

Et accompagnée d'une foule d'émotions plus durables et plus marquantes. *Il y avait quelqu'un en elle*. Cette notion lui avait donné envie de pleurer en même temps qu'elle avait déclenché des sensations inconnues.

Quand il lui avait intimé de lui montrer son visage, elle avait obéi. Et elle avait eu la conviction que, s'il soupçonnait qu'il était son premier amant, elle en mourrait. Littéralement.

Alors elle l'avait défié. Elle l'avait pressé de continuer.

Il ne s'était pas fait prier. Et, le temps qu'ils finissent, elle avait appris des tas de choses sur elle-même.

Pendant les trois mois écoulés depuis cette nuit-là, elle avait eu le temps d'y réfléchir.

Elle était très différente de la femme pour laquelle elle se prenait jusqu'à cette soirée. Comment aurait-elle pu imaginer que son corps réagirait avec une telle jubilation à un homme qui la haïssait ?

Dans une situation qu'elle-même trouvait détestable.

Ce qu'elle avait vécu ce soir-là avec Balthazar Skalas prouvait qu'elle ne se connaissait pas du tout. Le fait que ce souvenir la poursuive encore trois mois plus tard en était une preuve supplémentaire.

Quelques jours après cette soirée fatidique, elle en était arrivée à la conclusion qu'elle devait changer radicalement de vie.

Sa grand-tante Rosemary – qui avait toujours fait le désespoir de la très hautaine grand-mère Patricia – avait préféré partir vivre en France plutôt que de se marier, comme le souhaitaient ses parents. Elle n'avait jamais pris la peine de revenir dans la famille, mais à sa mort, un an plus tôt, elle avait laissé sa maison à Kendra.

Au cas où tu ne serais pas comme ta mère ou ta grand-mère, je t'offre un endroit où te poser.

Kendra avait prévu d'aller voir son héritage… un jour. Ce jour était arrivé beaucoup plus tôt qu'elle l'avait imaginé.

— Ne sois pas ridicule, avait tonné son père quand elle avait annoncé son intention de déménager dans la campagne française. Que comptes-tu faire en *France* ?

— Ce qui me plaira. Tu voudrais que je reste ? Ça n'arrivera que si tu me donnes un poste dans la société.

— Kendra, ma chérie.

Ce mot tendre tout à fait inhabituel les avait surpris autant l'un que l'autre et son père avait détourné les yeux.

— Je n'envisage pas ton avenir dans la société.

Contre toute attente, elle n'avait pas été blessée. Elle n'avait même pas eu le moindre pincement au cœur. Comme si elle avait enfin tourné la page.

— Dans ce cas, quelle importance si je m'en vais ?

Voilà comment elle s'était retrouvée dans la campagne française, entre la montagne et la mer. Nichée au milieu des vignes, la maison de sa grand-tante était l'endroit rêvé pour s'adonner à la lecture. Quelques pièces lumineuses aux murs occupés par des étagères pleines de livres et des tableaux, des chemins sur lesquels faire de longues balades à travers la campagne, et plusieurs arbres offrant un abri ombragé pour se protéger du soleil éclatant de la Côte d'Azur.

Pour faire ses courses, elle descendait à Nice, d'où il était facile d'aller en Italie en voiture ou de prendre le train pour Paris. Elle vivait les mois les plus agréables de sa vie, se répétait-elle.

Si par moments elle avait des accès de mélancolie, elle ne s'y attardait pas. Comment pourrait-elle se plaindre ? Elle avait la chance de pouvoir prendre une pause pour réfléchir à la vie qu'elle voulait mener.

Étant donné qu'elle avait perdu une grande partie de

son respect pour son père et son frère, ne pas travailler avec eux était sans doute une bonne chose. Cependant, elle avait envie de travailler. Depuis toujours. Elle ne se sentait pas douée pour la vie oisive affectionnée par sa mère.

Les emplois bénévoles occupés par des femmes de son milieu ne la tentaient pas. Elle n'avait aucun désir d'organiser des galas de charité fréquentés par la haute société ni de faire des stages en entreprise réservés à l'élite. Il fallait sortir des sentiers battus. Cependant, elle s'était concentrée pendant si longtemps sur un seul objectif – obtenir de son père un poste dans l'entreprise familiale – qu'elle n'avait jamais exploré d'autres voies.

Elle n'avait jamais imaginé qu'un jour cet objectif pourrait ne plus l'intéresser. C'était pourtant le cas désormais. Plus le temps passait, et plus elle était furieuse.

Pas contre Tommy, qui n'avait jamais prétendu être autre chose que ce qu'il était. Ni contre Balthazar, qui défendait ses intérêts en restant lui-même.

Mais contre son père.

Son père, qui avait préféré pousser sa fille à se donner à un homme qu'il considérait comme un ennemi plutôt que de régler lui-même le problème provoqué par Tommy. Ce dernier avait mis en péril l'entreprise, la famille et sa propre sœur. Mais ça n'avait pas incité son père à sévir contre lui, une fois pour toutes. Pas un seul instant Thomas Connolly n'avait envisagé de confier des responsabilités à celui de ses deux enfants qui ne lui avait jamais posé de problèmes.

Kendra se sentait humiliée. Comment avait-elle pu se faire des illusions pendant si longtemps ? Elle avait cru qu'à force de travail elle finirait par obtenir la place qui lui revenait au côté de son père. Quelle naïveté ! Aujourd'hui, elle avait plutôt envie de réduire toute la famille Connolly en cendres.

La grand-tante Rosemary avait eu une riche idée.

Selon elle, une petite maison dans le sud de la France permettrait à Kendra de cultiver ses prédispositions artistiques jusque-là cachées.

Kendra tenait un journal. Elle s'essayait à la création littéraire. Elle prenait des cours de peinture. De poterie. De piano.

Mais, à la fin du deuxième mois de son séjour en France, en immersion dans la culture provençale, il parut évident que Kendra n'avait aucun talent artistique.

Pas le moindre soupçon.

Elle avait donc fini par trouver du travail dans un domaine viticole situé à deux pas de chez elle. Les propriétaires trouvaient utile d'avoir une Américaine sur place pendant l'été pour s'occuper des touristes, et Kendra avait rapidement découvert que sa véritable vocation, c'était le service à la clientèle.

Elle s'en sortait bien et elle y prenait un grand plaisir.

Par un bel après-midi d'été, l'air sentait la lavande et toutes les tables étaient occupées. Certains clients venaient des plages bondées, d'autres participaient à des circuits viticoles, d'autres encore visitaient la région. Ils formaient de petits groupes joyeux sous les parasols bleus ou les tonnelles de jasmin et de glycine.

Kendra passait de table en table pour s'assurer que personne ne manquait de rien. Selon les cas, elle utilisait l'anglais ou le français appris à la pension. Elle retourna à la cuisine pour voir si les assiettes de charcuterie commandées par une des tables étaient prêtes. Le cœur léger, elle ne s'était jamais sentie aussi bien dans sa peau.

Parce que, pour tous ces gens, elle n'était qu'une Américaine qui passait un séjour agréable à l'étranger, libre et insouciante. Et plus les gens la voyaient comme ça, plus elle avait le sentiment que c'était la réalité.

Plus de luttes de pouvoir au sein de la famille Connolly. Plus de pressions pour qu'elle épouse un membre du yacht-club de sa mère. Plus de problèmes à cause du dernier dérapage de Tommy.

L'insouciance, c'était fantastique.

Kendra était dos à la porte lorsqu'elle entendit celle-ci s'ouvrir. Elle dit bonjour en français tout en prenant sur le comptoir les deux lourdes assiettes de charcuterie préparées par le chef.

— Prenez un menu et installez-vous dehors, ajouta-t-elle par-dessus son épaule. Je m'occupe de vous dans un instant.

Elle se retourna avec un large sourire. Qui se figea.

Balthazar ?

Il resta silencieux. Il se contenta d'enlever ses lunettes de soleil et de plonger son regard étincelant dans le sien.

Par un miracle qu'elle ne s'expliqua jamais, elle parvint à ne pas lâcher les deux lourdes assiettes.

Une éternité passa. Puis une autre.

— Excuse-moi, finit-elle par dire en français. Je dois servir ces assiettes.

Elle avait à peine conscience de ce qu'elle faisait. Elle savait juste qu'il était essentiel qu'elle le fasse. Elle traversa la salle et sortit sur la terrasse.

Dehors, elle accrocha un large sourire à ses lèvres. Elle déposa les assiettes sur la table et passa un long, très long moment à donner aux clients tous les détails concernant chaque charcuterie, chaque fromage et chaque olive. Ce fut seulement quand le sujet fut épuisé qu'elle reprit le chemin de la cuisine.

Lentement, en parvenant presque à se persuader que Balthazar était un produit de son imagination.

Mais non.

Il était toujours là. À l'endroit exact où elle l'avait

laissé. Le diable en personne, si peu à sa place dans la petite boutique-cuisine-réception d'un domaine viticole français qu'elle faillit pouffer.

Elle faillit seulement. Rien chez Balthazar, plus superbe que jamais, ne lui donnait envie de rire.

Une nouvelle éternité ou deux s'écoulèrent tandis qu'ils se regardaient en silence.

Elle dut faire appel à toute sa volonté pour bloquer les diverses images qui menaçaient d'envahir son esprit. Tous les souvenirs de cette soirée, trois mois plus tôt.

— Il faut que tu m'éclaires sur un point, finit-il par dire.

Sa voix était la même que dans son souvenir. Grave. Profonde. Dangereuse.

— Explique-moi comment une héritière du Connecticut se retrouve serveuse à des milliers de kilomètres de chez elle.

— Il se trouve que j'ai un don pour le service à la clientèle, répliqua-t-elle d'un ton délibérément affable. Ce que j'ignorais avant de venir en France.

— Ça te surprend ?

La voix profonde devint encore plus dangereuse. Elle déclencha un tourbillon de sensations chez Kendra. Non seulement son esprit était assailli par le souvenir précis de tout ce qui s'était passé dans le bureau de Balthazar à Manhattan, mais son corps en revivait chaque seconde.

— Regarde ce que tu as fait pour ton frère. Comment as-tu pu ignorer que tu avais un… don, comme tu dis ?

— Je suis ravie de voir que tu n'as pas changé.

Elle arbora de nouveau son sourire commercial.

— Tu es venu pour une dégustation ? Je sers à manger mais si tu t'installes en terrasse, le sommelier viendra te conseiller et il pourra t'emmener dans les vignes. Aujourd'hui, nous proposons…

— Si je souhaitais goûter du vin, je ne viendrais pas ici. Je possède mon propre vignoble.

Elle roula les yeux.

— Ça va de soi.

La mâchoire de Balthazar se crispa.

— Je ne comprends toujours pas. Tu te caches ? Tu as une raison de te cacher ?

— C'est le sud de la France. Les gens ne viennent pas ici pour se cacher. Ils passent leur temps à préparer leur séjour ici. Et, une fois qu'ils sont venus, ils reviennent. Puis ils trouvent une maison au milieu de la lavande et des tournesols pour leurs vieux jours. C'est le paradis, Balthazar. Tu n'aimerais pas vivre au paradis ?

— Tu me surprends. Je t'imaginais plutôt blottie dans le giron familial, à rendre des services à ton père et à ton frère. C'est ça, ton rôle, non ?

Elle déglutit péniblement. Pourquoi était-elle aussi blessée ? Et surtout, pourquoi était-elle aussi surprise de l'être ? Elle s'était attendue à des commentaires de ce genre depuis l'instant où elle l'avait vu.

— Ne tourne pas autour du pot. Si tu as envie de m'injurier, vas-y.

Il arqua un sourcil narquois.

— N'est-ce pas ce que je viens de faire ?

— Je regrette, mais j'ai quitté mon ancienne profession, déclara-t-elle, fière de réussir à prendre un ton enjoué.

Si elle ne montrait pas qu'elle était blessée, c'était presque comme si elle ne l'était pas.

— Si c'est pour ça que tu es venu, tu vas être très déçu.

Balthazar s'écarta du mur contre lequel il s'était appuyé et fit quelques pas dans la petite boutique avec ses souvenirs exposés le long d'un autre mur, le frigo rempli de casse-croûte à emporter, la petite table sur laquelle étaient posés les menus et le comptoir donnant sur la cuisine. Elle n'avait jamais remarqué à quel point l'espace était réduit…

— Si tu es en affaires avec ma famille, tu sais où les

trouver, ajouta-t-elle après un silence. Je n'ai rien à voir avec ça.

— Peut-être.

Il lui tourna le dos et regarda par la fenêtre en direction de la vigne qui descendait en pente douce au-delà de la terrasse. Cette vue qu'elle adorait, serait-elle capable de la regarder de nouveau sans le voir ?

— Dis-moi une chose, s'il te plaît. Ça fait un certain temps que je t'ai vue à New York.

— Que tu m'as vue…

Elle parvint à émettre un petit rire.

— C'est un euphémisme.

Il se retourna et lui lança un regard morne. Presque soucieux. Mais il resta silencieux.

— Ça fait trois mois, dit-elle en tentant de sourire.

En vain.

— Mais je suis sûre que tu le sais.

— En effet.

Sous le regard scrutateur des yeux noirs, elle se mit à trembler. Et elle fut tentée de se précipiter vers lui pour plaquer la main sur sa bouche. Pour l'empêcher de dire ce qu'il était venu lui dire. Elle ne bougea pas.

— Trois mois, répéta-t-il. Et, au cours de ces trois mois, as-tu eu tes règles ?

Elle sentit le sang se retirer de son visage.

— Pardon ?

— C'est une question inélégante mais très simple. Parce que nous n'avons utilisé aucun moyen de contraception, Kendra. Et si tu n'as pas eu tes…

— En quoi est-ce que ça te regarde ? De toute façon, je suis partie à des milliers de kilomètres. Dans ces circonstances, il n'est pas inhabituel d'avoir un retard d'un ou deux…

Elle s'interrompit, effarée. Comment avait-elle pu ignorer que… ?

Balthazar resta immobile.

Et pourtant elle avait l'impression qu'il l'avait saisie par le bras. Ou bien était-ce juste qu'elle le souhaitait ? Avait-elle vraiment envie à ce point qu'il la touche ? La réponse n'était que trop évidente. Elle la réveillait presque toutes les nuits…

— Est-ce la dernière manœuvre de ta famille pour me forcer la main ? demanda-t-il en dardant sur elle un regard étincelant de haine qui lui coupa le souffle. Ça ne va pas se passer comme tu l'imagines, Kendra. Je te le promets.

6.

Les pires craintes de Balthazar se confirmaient.

Et il ne parvenait pas encore à y croire tout à fait.

Il prit la route qui conduisait à la maison dont Kendra avait dit qu'elle était la sienne. Ce qui pouvait signifier qu'elle la louait, ou que l'endroit appartenait à son père, ou n'importe quoi d'autre. Il ne croyait pas un mot de ce qu'elle disait.

Elle avait manifesté une certaine nervosité quand elle l'avait vu, mais il n'avait pas cru un seul instant à sa comédie. Qu'il vienne la trouver était de toute évidence le but recherché. Le coup ultime dans son petit jeu.

Il avait été dupé. Il n'arrivait toujours pas à l'admettre, mais ça ne changeait rien à la réalité des faits.

Il ne croyait pas une seconde qu'elle n'ait pas été pleinement consciente qu'ils avaient eu un rapport non protégé. Nul doute qu'elle avait compté les jours, comme lui. Son départ à l'étranger était la preuve de sa culpabilité.

Dire qu'il avait attendu pendant tout ce temps qu'elle dévoile son jeu…

Au lieu de ça, elle avait d'abord mené une vie d'expatriée d'un certain âge. Poterie, peinture et Dieu savait quelles autres activités totalement inutiles. Puis elle avait commencé à travailler comme serveuse, ce qui était davantage de son âge, mais totalement incompréhensible de la part de l'héritière Connolly.

Ça faisait sûrement partie de son plan, mais il ne voyait pas du tout quel pouvait en être l'intérêt.

Au détour de la route, une maison apparut. Balthazar serra les dents. Il avait sous les yeux un tableau typiquement provençal. Des jaunes, des bleus, des mauves. Des champs de fleurs sauvages autour d'une modeste maison perchée sur une petite colline et tout éclairée, qui se détachait sur le ciel du crépuscule.

Il s'attendait à une énorme villa prétentieuse du même genre que celles de Newport ou Rhode Island que les snobs comme Thomas Connolly aimaient appeler des « cottages ».

Rien à voir.

Que penser de cette maison toute simple ? Il n'en avait aucune idée. Dans l'encadrement de la porte ouverte, une silhouette féminine se découpait sur le rectangle de lumière.

Balthazar coupa le moteur en jurant. Il descendit de voiture et claqua la portière. Puis prit plus de temps que nécessaire pour lisser sa chemise qui n'en avait pas besoin. Ce n'étaient pas ses vêtements qui le défiaient. La seule qui osait le faire, c'était cette créature qui se tenait à quelques mètres de lui.

— J'espère que tu n'as pas eu trop de mal à trouver la maison, dit-elle de cette voix enjouée qu'il avait déjà entendue au domaine viticole.

Et qu'il détestait.

— Je suis capable de me servir d'un GPS, merci.

Kendra soupira.

— Je vois que ça s'annonce belliqueux. Quel changement agréable…

Hérissé par son ton ironique, il s'exhorta au calme. Trois mois qu'il s'angoissait. Trois mois qu'il tentait de se convaincre qu'il n'y aurait aucune conséquence à l'unique fois où il avait omis de se protéger et de protéger par la même occasion sa famille et sa fortune.

Erreur commise avec une Connolly, par-dessus le marché.

Cependant, même si se raconter des histoires lui avait fait du bien par moments, il était avant tout un homme pragmatique. Encore quelque chose qu'il devait aux coups de son père, que ça lui plaise ou non. Il avait par conséquent engagé un détective pour la surveiller. Pour voir si elle se trahissait.

Pour être sûr de pouvoir intervenir à tout moment si les choses prenaient une tournure qui lui déplaisait.

Son départ pour la France l'avait déconcerté. Il avait donc décidé de venir vérifier sur place ce qu'elle mijotait.

— Tu pourrais peut-être m'expliquer ce qui te prend de jouer à la serveuse ?

Il fit le tour de la voiture de sport et s'immobilisa devant. Irrité de ne pas être certain de garder son sang-froid s'il s'approchait plus près de Kendra.

— Ça ne te va pas, *kopéla*. Tu dois le savoir.

Elle paraissait peut-être heureuse, mais il ne pouvait pas croire que c'était le cas. Elle jouait un rôle. C'était une façon de fuir la réalité de ce qu'elle avait fait, de ce qu'elle était et de ce qui l'attendait. Elle devait le savoir.

Lui, en tout cas, le savait.

Étant donné qu'elle était très certainement enceinte de lui – il en avait la conviction depuis la comédie qu'elle lui avait jouée dans la cuisine du domaine –, cette vie rustique était inacceptable. Comme elle en était sans aucun doute consciente. La mère d'un héritier Skalas ne pouvait pas travailler comme serveuse !

La joie qu'elle affichait ne pouvait être qu'une comédie. Elle devait faire partie de sa stratégie pour le piéger. Il n'y avait pas d'autre explication.

Mais bon sang, elle avait un air… angélique.

C'était horripilant !

La lumière de la maison accentuait les reflets dorés de ses cheveux. Ce visage en forme de cœur le hantait depuis des mois – des années, pour être honnête – et il était encore plus ravissant dans la réalité que dans son souvenir.

C'était vraiment exaspérant !

S'il n'avait pas la preuve du contraire et s'il se fiait à son instinct, il jurerait qu'il n'y avait pas une once de duplicité chez cette femme.

Ce qui confirmait qu'elle était une manipulatrice hors pair. La plus douée qu'il ait jamais vue. Prenant conscience qu'il crispait les poings, Balthazar se força à les desserrer.

— Il faut que je m'occupe, déclara-t-elle. Il se trouve que vivre dans l'oisiveté ne me convient pas du tout.

— Peut-être, mais il y a trois mois tu semblais t'entraîner à devenir une femme d'affaires. Ce n'était pas ça, ton objectif ?

Il gardait un souvenir beaucoup trop précis de cette soirée à son goût…

— Ta tenue. Ta façon de négocier.

Une ombre passa sur le visage de Kendra et elle haussa les épaules. Ce qui attira l'attention de Balthazar sur ses vêtements. Elle n'était plus du tout habillée comme une femme d'affaires. Elle avait changé la robe d'été qu'elle portait au domaine pour un jean et un haut sans manches à larges bretelles qui mettait en valeur l'élégance de son cou. Poser les lèvres sur la petite veine qui battait à la base de ce dernier… Il en mourait d'envie.

Comment pouvait-il avoir envie d'elle à ce point ? Encore maintenant ? C'était incompréhensible.

— Mes services n'étaient pas requis dans la société de mon père, expliqua-t-elle.

— Vraiment ? Ça ressemble à un drame familial, version édulcorée.

Une autre ombre passa sur le visage de Kendra.

— Quelle importance si elle est édulcorée ou non ? Je ne travaille pas pour l'entreprise Connolly. Et, dans ce cas, pourquoi continuer à vivre avec la famille ?

— Si je comprends bien, ton père et ton frère, ces parangons de vertu…

— Inutile d'en rajouter, Balthazar, coupa-t-elle d'un ton pince-sans-rire.

Presque amusé.

— Ils n'ont pas hésité à t'envoyer en mission auprès de moi comme deux proxénètes, mais ils n'ont pas pu se résoudre à te proposer un box bien caché dans leurs bureaux ?

Elle s'empourpra.

— C'est… une façon absolument révoltante de présenter les choses.

— Est-elle erronée ?

Elle se retourna et rentra dans la maison.

— Je crois que pour cette conversation un peu de vin s'impose.

Balthazar la suivit, s'attendant à voir… quoi donc ? Il n'en savait rien. Quelque chose dans le décor qui confirmait sa duplicité.

Il se retrouva dans une vaste pièce qui s'étendait jusqu'à une cuisine américaine donnant sur une petite terrasse située à l'arrière de la maison. Des tableaux étaient accrochés aux murs dans un joyeux fouillis suggérant une absence totale de prétention. De toute évidence, ils étaient là pour le plaisir et non pas par snobisme. Il y avait des étagères pleines de livres, et aussi des piles d'ouvrages et de magazines un peu partout. La pièce ne donnait pas pour autant l'impression d'être encombrée. Il y régnait une atmosphère à la fois chaleureuse et détendue, propice à la lecture et à la contemplation d'œuvres d'art.

Ça ne cadrait pas avec ce qu'il savait de cette femme… En la suivant du regard, il constata qu'elle était pieds nus et il fut saisi par une émotion inexplicable. Mais il n'eut pas le temps de s'y attarder parce que ce qu'elle venait de dire lui revint en mémoire.

— Pas de vin pour toi, *kopéla*, dit-il en fermant la porte derrière lui.

Elle se retourna.

— Pas de vin pour moi ? Si tu es du genre abstinent sectaire…

— Pas du tout.

Il attendit qu'elle comprenne l'allusion. Devant son absence de réaction, il fut assailli par une nouvelle bouffée de rage.

— As-tu oublié que tu es peut-être enceinte ?

Le sang se retira du visage de Kendra. Comme si elle avait réellement oublié. Alors que c'était impossible.

Comment pourrait-elle avoir oublié ?

Parce qu'elle restait figée, l'air horrifié, il s'avança vers elle et posa le sac en papier qu'il avait apporté sur un guéridon qui se trouvait à proximité.

Elle s'éclaircit la voix.

— Pourquoi ai-je tendance à penser que ce n'est pas un cadeau que tu m'as apporté ?

Il préféra garder le silence et elle prit le sac. En voyant ce qu'il contenait, elle expira longuement.

— Waouh.

Elle émit un petit rire mais, à en juger par l'éclat soudain de ses yeux et le rouge qui se répandait sur ses joues, elle ne trouvait pas ça drôle du tout. *Parfait*, songea-t-il avec satisfaction.

— Des tests de grossesse. Tu as pensé que j'avais besoin de tests de grossesse. Cinq tests, pas moins.

— Pour commencer ça suffira.

Elle eut l'audace de prendre un air scandalisé.

— Tu n'imagines tout de même pas que je vais…

— Maintenant, s'il te plaît.

Il n'avait pas élevé la voix, mais son ton était sans réplique. Il la vit tressaillir imperceptiblement.

— Non.

Elle laissa tomber le sac sur le guéridon.

— Je ne…

— Laisse-moi t'expliquer ce qui va se passer, Kendra. Je ne sais pas de quelle manière tu avais l'intention de jouer cette partie, mais tu as choisi le mauvais partenaire avec lequel le faire. Je ne crois pas à la comédie de l'innocence parce que je t'ai vue à l'œuvre, si tu te souviens. Je connais la vérité à ton sujet. Et, même si je ne la connaissais pas, je sais parfaitement de quoi ta famille est capable.

— Je ne joue pas la comédie. Je ne suis pas une comédienne. Et même si j'en étais une, je ne prendrais pas la peine de faire un numéro devant un homme que je n'ai jamais eu l'intention de revoir.

— Je me moque de tes intentions. Je veux juste vérifier, ici et maintenant, si tu es enceinte. Si ce cauchemar est bien réel.

— Je vote non. Il n'est pas réel.

Elle indiqua la porte d'un mouvement du menton.

— N'hésite surtout pas à t'en aller. Tout de suite.

— Mais bien sûr, je n'ai aucune confiance en toi, poursuivit-il en ignorant cette intervention.

Pourquoi était-il tenté de s'approcher d'elle ? se demanda-t-il avec irritation. Pourquoi mourait-il d'envie de la toucher ? Comment pouvait-il encore désirer cette femme après ce qu'elle avait fait ? C'était insensé !

— Par conséquent, demain – quoi que nous ayons appris ce soir – nous partirons pour Athènes afin de consulter mon médecin personnel.

Elle resta un instant à le fixer en silence, bouche bée. L'air vraiment innocent… Il chassa aussitôt cette pensée de son esprit.

— Rien de ce que tu viens de dire ne va arriver.

Elle croisa les bras et redressa les épaules.

— Rien du tout.

— Ce n'est pas négociable.

— As-tu l'impression que je travaille pour toi ?

Cette fois, le rire qu'elle laissa échapper avait quelque chose d'hystérique. Il fut tenté – de nouveau – de s'approcher d'elle pour refermer les mains sur ses bras.

— L'unique raison pour laquelle j'ai eu affaire à toi, c'est parce que j'ai été envoyée comme émissaire pour plaider la cause de mon frère. Que tu n'as toujours pas dénoncé, à propos.

— N'était-ce pas le but de toutes tes manigances ?

Malgré lui, il avança vers elle. Quand il en prit conscience, il s'immobilisa. Bon sang, il avait toujours autant envie de la toucher… Cette femme était la seule addiction qu'il ait jamais eue. Mais pas question d'y succomber.

— Il n'y a pas de manigances, répliqua-t-elle d'un ton véhément. C'est ma vie. Une vie que j'ai organisée à mon goût. Je me moque de ce que tu en penses et je n'apprécie pas du tout que tu fasses irruption ici comme si tu avais des droits…

— J'ai tous les droits, coupa-t-il d'une voix glaciale. Toi, tu as perdu celui de mener ta vie comme tu l'entends à partir du moment où tu m'as impliqué dedans. Tu dois comprendre que je ne tolérerai en aucun cas que tu donnes naissance à mon enfant dans un endroit qui n'est pas sous ma supervision directe.

— Si je suis enceinte, je ferai ce que j'ai à faire. À ma façon. Ça ne te concerne en rien.

— Je vais avoir besoin d'un test de paternité. Parce que, comme je l'ai déjà dit, je n'ai aucune confiance en toi.

— Un test de paternité…

Elle leva la main.

— Je comprends que tu éprouves une intense satisfaction à sillonner la planète en donnant des ordres à tout le monde et à exercer des représailles quand tu n'es pas obéi. Mais j'ai passé ma vie à subir ce genre de traitement de la part de ma famille. Je n'ai pas l'intention de te laisser prendre la suite.

— Comment comptes-tu m'en empêcher ?

Quand il employait ce ton menaçant, Balthazar avait l'habitude de voir son interlocuteur, quel qu'il soit, faire machine arrière. Kendra Connolly, elle, se précipita vers lui en brandissant l'index tout près de son visage. Il la considéra avec surprise. Jamais personne ne s'était comporté ainsi avec lui. Personne, à part son père…

— Tu peux aller au diable ! lança-t-elle. Et commence par sortir de chez moi.

Il haussa les épaules.

— Que je sois ou pas dans cette maison, ça ne changera rien. Le résultat sera le même.

— Tu n'as absolument aucune autorité sur moi. Je n'éprouve même pas de sympathie pour toi. Et, de toute façon, mon état ne te regarde pas.

— Réfléchis bien, Kendra.

Elle darda sur lui un regard meurtrier. Et curieusement, ce regard l'enchanta.

Il avait vu plusieurs versions de cette femme. La soi-disant innocente subjuguée du premier soir dans la gloriette. La femme d'affaires qui s'était vendue à lui froidement, puis qui l'avait embrassé avec une fougue digne de ses fantasmes les plus brûlants. La petite serveuse rayonnante du domaine viticole.

Et même la femme qui l'avait accueilli ce soir à la porte, apparemment angélique. Auréolée de lumière et loin d'être aussi intimidée par lui qu'elle l'aurait dû.

Et à présent, cette version. Intrépide, hardie, et d'autant plus belle.

Il était venu dans la seule intention de prendre la situation en main et de lui imposer sa volonté, et voilà qu'il était de nouveau fou de désir… Elle ne se doutait pas qu'il était à deux doigts de la prendre dans ses bras et de dévorer de nouveau sa bouche.

Malgré tout ce qu'elle lui avait fait.

Une voix dure, qui ressemblait beaucoup trop à celle de son père, résonna dans l'esprit de Balthazar.

Cette faiblesse te rendra bientôt esclave. C'est ce que tu veux ?

Son problème, c'était qu'il savait exactement ce qu'il voulait…

Kendra baissa la main, mais pour poser les poings sur ses hanches.

— Tu profères beaucoup de menaces, mais tu n'as pas les moyens de les mettre à exécution et je suis sûre que tu le sais aussi bien que moi. Parce que nous sommes au XXIe siècle, et pas au Moyen Âge, comme tu sembles le souhaiter.

Il ne put s'empêcher de rire.

— Je serais toi, je ne me ferais pas trop d'illusions à ce sujet. Je préférerais que tu fasses ces tests maintenant, pour nous épargner le suspense à l'un et à l'autre. Cependant, je n'ai besoin ni de ton accord, ni de ta coopération, *kopéla*. D'une manière ou d'une autre, j'obtiendrai les réponses que je cherche.

— « D'une manière ou d'une autre » ? Que vas-tu faire ? Me kidnapper ?

Il se contenta de sourire.

7.

Ils atterrirent à Athènes le lendemain matin.

Si Balthazar ne l'avait pas kidnappée au sens strict, il ne lui avait pas vraiment laissé le choix.

Kendra était furieuse contre elle-même. Pourquoi n'avait-elle pas trouvé un moyen de se dérober ? À vrai dire, elle n'était pas sûre d'avoir envie de chercher la réponse.

Hier soir, Balthazar n'avait pas pris la peine de continuer à discuter avec elle. Il était parti après lui avoir lancé ce sourire énigmatique. Celui qui lui avait noué l'estomac. Cependant, avant de reprendre le volant de cette voiture de sport ridicule – sans doute construite sur commande, comme ses vêtements devaient être faits sur mesure –, il avait passé un bref coup de téléphone en grec.

Quelques minutes plus tard, deux SUV rutilants étaient arrivés.

— Tu as appelé la cavalerie ?

Il avait eu un nouveau sourire, aussi inquiétant que le premier.

— C'est juste une garantie.

— Bizarre, avait-elle commenté en regardant les hommes qui descendaient des SUV, la mine sinistre. Ça ressemble à une armée privée.

— Tu peux appeler ça comme tu veux, Kendra. Ce n'est pas pour toi qu'ils sont ici.

— Excellente nouvelle. Je vais les inviter à s'installer

confortablement dans le champ de lavande pendant que je pars à Monaco pour le week-end.

— Comme tu veux.

Une troisième version de ce sourire qui lui donnait la chair de poule.

— Mes hommes sont là pour protéger mon héritier potentiel.

Sur ces mots, il était parti dans cette voiture stupide en laissant « ses hommes » sur place.

Pour protéger le bébé qu'elle ne voulait pas croire qu'elle portait. Pas elle.

Elle était rentrée et elle s'était barricadée dans la maison. Elle avait tiré tous les rideaux, puis elle s'était assise sur un des petits canapés de sa grand-tante Rosemary, en évitant de regarder le sac de tests de grossesse, que Balthazar avait laissé sur le guéridon.

Depuis son apparition au domaine viticole, elle n'avait rien fait d'autre que de compter les jours écoulés depuis ses dernières règles. De manière obsessionnelle. Jusque-là elle n'en avait pas eu l'idée… parce qu'elle n'avait jamais eu aucune raison de se préoccuper à ce sujet. À sa connaissance, elle n'avait jamais eu de retard, et surtout elle n'avait jamais couru aucun risque d'être enceinte.

Mais à présent que ce risque existait bel et bien, pourquoi ne lui était-il pas venu une seule fois à l'esprit en trois mois de se demander si elle avait du retard ?

En fait, la réponse à cette question était très simple. La nuit elle se réveillait le corps en feu et le nom de Balthazar sur les lèvres, mais le jour elle ne s'autorisait jamais à penser à ce qui s'était passé à Manhattan. Elle ne s'autorisait jamais à penser à *lui*. Et par ricochet elle évitait de penser à son propre corps.

Plus elle s'était efforcée d'ignorer le sac de tests de

grossesse, plus il avait semblé prendre de place dans la pièce. Et plus la panique était montée en elle.

Jusqu'au moment où le doute était devenu insoutenable.

Un peu après minuit, elle avait donc fini par découvrir qu'elle était bien enceinte de Balthazar Skalas. Cachée dans la petite salle de bains de sa grand-tante Rosemary, comme si ça pouvait lui donner une chance d'échapper aux hommes qu'il avait chargé de la surveiller.

Elle avait utilisé les cinq tests, en se disant après chaque résultat positif qu'il était dû à un défaut de fabrication. Et que le test suivant prouverait qu'elle n'était pas en train de vivre un cauchemar.

Mais tous les tests avaient indiqué la même chose.

Elle était enceinte.

Assise par terre, adossée au mur, les yeux fixés sur les cinq preuves qui semblaient la narguer, elle avait fini par accepter la réalité.

Elle s'était remémoré ce qui s'était passé dans le bureau de Balthazar à Manhattan, trois mois plus tôt. Avec une profonde perplexité. Comment avait-elle pu faire l'impasse sur les conséquences éventuelles de ses actes ? Elle était pourtant une femme éduquée, responsable. Non seulement le problème de la contraception ne l'avait pas effleurée sur le moment, mais elle n'y avait pas pensé une seule fois par la suite…

Recroquevillée sur le sol de la salle de bains, elle avait dû se rendre à l'évidence. Si elle avait fait tout son possible pour ignorer ce qui s'était passé ce soir-là, c'était parce que ça n'avait rien eu à voir avec les fantasmes qu'avait fait naître sa première rencontre avec Balthazar Skalas, dans la gloriette. Ça avait été beaucoup plus… physique. Beaucoup plus intense que tout ce qu'elle avait pu imaginer. Si intense qu'elle en avait été déstabilisée. Et qu'elle l'était encore… Le seul fait de penser à Balthazar Skalas éveillait en elle des sentiments aussi confus qu'ambivalents.

Alors qu'on lui avait souvent répété que le sexe était quelque chose de léger. Une fête des sens dans laquelle les émotions complexes n'avaient pas leur place. Tout comme la vie en général, d'ailleurs. « Les choses désagréables, il vaut mieux les ignorer », disait sa mère.

Toujours assise par terre dans la salle de bains, Kendra avait pris conscience que ce conseil l'avait influencée. Peut-être un peu trop. N'avait-elle pas vécu la tête dans le sable toute sa vie ? Elle avait ignoré tous les signes indiquant que son père était le genre d'homme capable d'envoyer sa fille « séduire » Balthazar. Elle n'avait pas voulu s'attarder non plus sur le fait qu'il soutenait systématiquement Tommy, qui était loin de le mériter. En bref, elle avait ignoré tout ce qui ne lui convenait pas.

Pas étonnant qu'elle n'ait pas remarqué ce qui se passait dans son corps.

Elle était restée un long moment par terre, les genoux remontés sous le menton, trop effarée par sa propre stupidité pour pleurer. Tout en soupçonnant que les larmes viendraient plus tard. Balthazar avait malheureusement raison. Sa propre famille l'avait prostituée.

Et lui ne valait pas beaucoup mieux. La haine était palpable en lui. Il était rongé par elle. Il haïssait son frère. Et son père.

Et il fallait bien admettre qu'il n'aimait pas non plus Kendra.

Et pourtant elle était allée d'elle-même dans cette tour, comme l'agneau qu'on mène à l'abattoir. Sauf que, stupidement, elle s'était prise pour un loup.

Mais aujourd'hui, la situation était bien pire.

Comment allait-elle réussir à endurer ce qui l'attendait ?

Toute sa vie elle s'était efforcée d'être parfaite, et voilà qu'elle s'était fait engrosser dès la première fois qu'elle avait approché un homme de près. C'était la pire hantise de ses parents, comme ils le lui avaient répété un millier de fois pendant son adolescence. Sa mère risquait de tomber dans le coma…

Mais il y avait plus angoissant encore. Comment allait-elle réussir à *partager un enfant* avec un homme comme Balthazar quand elle n'était pas sûre de pouvoir survivre à un trajet en voiture avec lui ?

Elle avait ri toute seule dans la salle de bains, comme une déséquilibrée.

— Je suis désolée, avait-elle murmuré en posant les mains sur son ventre.

Même s'il lui semblait toujours impossible qu'il puisse contenir une vie. *Une vie*. Un bébé. *Mon bébé*.

— Je trouverai une solution, ne t'inquiète pas.

Parce que Balthazar Skalas était peut-être impossible, mais elle n'avait pas l'intention de continuer à fuir la réalité. Elle allait devenir mère. Et elle ne serait pas comme la sienne.

Elle n'avait jamais été très douée pour se battre pour elle-même, mais elle allait se battre pour cet enfant.

— Quoi qu'il arrive, avait-elle promis à la minuscule vie qui grandissait en elle.

Là, sur le sol de la salle de bains. Puis elle avait renouvelé cette promesse plusieurs fois dans son lit, pour faire bonne mesure.

Mais le lendemain matin, beaucoup trop tôt pour quelqu'un qui s'était couché aussi tard qu'elle, Balthazar avait tambouriné à sa porte. Elle avait décidé qu'il était inutile de lui résister. Il gagnerait de toute façon. Et elle n'avait pas réellement envie de voir comment il s'y prendrait pour l'emmener de force.

Cependant, elle ne lui avait pas fait part de la nouvelle.

Il pouvait attendre encore un peu avant d'apprendre ce qu'elle savait déjà. Et si l'attente aggravait sa mauvaise humeur, tant pis pour lui.

Il avait bouillonné de rage dans le salon, pendant qu'elle rassemblait ses affaires, dont son passeport et l'écharpe géante de sa grand-tante qu'elle avait prévu d'utiliser comme couverture pour se réconforter. Parce que le visage crispé de Balthazar ne lui avait laissé aucun doute. Du réconfort, elle allait en avoir besoin.

Il l'avait conduite sans un mot jusqu'à un aérodrome privé à proximité de Nice. Le vol avait été bref et aussi silencieux que le trajet en voiture. Il régnait dans la cabine une tension si palpable qu'elle lui avait fait l'effet d'un épais brouillard.

À l'arrivée à Athènes, une autre voiture de sport rutilante les attendait. Toujours en silence, Balthazar conduisit jusque dans le centre d'Athènes. Quand il s'arrêta devant un immeuble banal, elle parvint à plaisanter.

— Je suis surprise. J'aurais imaginé que le grand Balthazar Skalas habitait sur sa colline privée. Dans un château. Entouré de plusieurs douves.

— C'est une clinique, rétorqua-t-il d'un ton impatient. Et cette entrée est privée.

Il l'entraîna dans un ascenseur. Puis ils traversèrent une série de salons particuliers et une salle d'attente avant d'arriver dans une salle d'examen. Quand elle osa émettre le souhait de rester seule, il se contenta de la foudroyer du regard.

— Je préférerais vraiment, insista-t-elle.

Il crispa la mâchoire.

— Ce n'est pas le moment de faire des caprices, Kendra.

Un peu plus tard, la grossesse et la paternité furent confirmées. Elle avait beau s'y attendre, elle eut l'impression de recevoir un coup de massue. Quant à Balthazar, il avait les yeux étincelants de fureur. Le retour jusqu'à sa voiture de sport se fit dans une atmosphère si tendue que Kendra se surprit à trembler de tout son corps. Quand il sortit du parking dans un crissement de pneus, elle prit son courage à deux mains.

— Balthazar, je pense vraiment que…

— Si tu as une once d'instinct de conservation, tu vas te taire immédiatement.

Elle eut le souffle coupé par son ton cinglant. Faire appel à son instinct de conservation était une excellente idée… Elle resta silencieuse pendant tout le trajet. Ce dernier ne fut pas long. Balthazar s'arrêta devant une autre entrée privée, mais cette fois d'un parking d'entreprise. Quelques instants plus tard, et toujours dans un silence glacial, il s'effaça pour la laisser entrer dans un luxueux ascenseur qui monta directement jusqu'au toit d'un immeuble de bureaux. Le siège social de Skalas & Sons, bien sûr, comprit-elle. Et sur ce toit, les attendait un hélicoptère.

Elle pourrait protester, sans doute. Piquer une crise sur ce toit, où il n'y avait pas de témoins à part les agents de sécurité de Balthazar et la ville au-dessous d'eux. Elle pourrait au moins essayer.

Mais à quoi bon ? Livrer une bataille perdue d'avance contre un ennemi implacable ne les avancerait à rien, elle et son bébé.

Son bébé.

Kendra monta à bord de l'hélicoptère et croisa les bras sur son ventre – dont elle avait mis la légère tendance à s'arrondir sur le compte de son goût immodéré pour la cuisine provençale. Elle allait avoir un bébé…

Le bébé de Balthazar.

Lorsqu'ils atterrirent sur une petite île baignée par une eau d'un bleu profond scintillant sous le soleil, elle n'eut pas le cœur de lancer des piques à propos de châteaux et de douves. Parce que l'île n'était pas très grande et, depuis l'hélicoptère, elle n'avait rien aperçu qui ressemble à un village. Il y avait juste une immense maison, qui s'étalait sur la partie la plus élevée, quelques dépendances et des plages.

La plupart des gens considéreraient sans doute l'endroit comme un paradis, mais pour sa part elle n'était pas dupe.

C'était une prison.

Balthazar entra d'un pas vif dans la villa, dont les vastes pièces ouvertes sur l'extérieur donnaient l'impression d'être au plus près de la mer et du ciel. Elle le suivit.

Que faire d'autre ? Tenter de regagner le continent en hélicoptère ?

— Sur l'île, le personnel est réduit au strict minimum, l'informa-t-il en la conduisant dans une chambre qui surplombait la mer.

Il s'immobilisa au milieu de la pièce et darda sur elle un regard accusateur. Comme si elle était devenue enceinte à dessein, uniquement pour le contrarier. Mais sans doute était-ce ce qu'il pensait, comprit-elle soudain.

— Il est sous la supervision de la gouvernante, Panagiota, qui travaille pour ma famille depuis la jeunesse de mon père et qui est d'une loyauté sans faille à mon égard. Tu peux partir du principe que tout ce qu'elle dit vient directement de moi.

— Tu me laisses ici ?

Pourquoi était-elle surprise ? Elle aurait dû s'en douter… Si elle avait su qu'elle ne retournerait pas en Provence, elle aurait emporté plus d'affaires. Comme si ses affaires étaient le problème le plus important…

— Pour combien de temps ?

Il la regarda sans rien dire pendant un long, très long moment. Comme s'il cherchait à voir en elle.

— Le temps qu'il faut.

Elle déglutit péniblement.

— J'espère que tu es conscient qu'il y a une échéance bien précise. Et que j'en suis au début du deuxième trimestre.

— Je sais compter, répliqua-t-il sèchement.

— Tu comptes me laisser ici pendant *six mois* ?

Avant même d'avoir fini de poser la question, elle sut quelle était la réponse. Heureusement qu'elle s'était enveloppée dans l'écharpe de sa grand-tante pour le trajet en hélicoptère. Comme elle l'espérait, ce contact avait quelque chose de réconfortant.

— Considère ça comme un service que je te rends. Je n'ai rien à te dire en ce moment que tu aimerais entendre. Je peux te l'assurer.

— Bien sûr.

Elle s'arma de courage. Oui, il était très impressionnant et elle n'en menait pas large, mais il ne s'agissait plus seulement d'eux deux.

— Parce que, lorsque nous avons couché ensemble, tous les deux, dans *ton* bureau, j'étais la seule à avoir de mauvaises intentions. Toi, tu étais l'innocence incarnée…

— Ne me pousse pas à bout, Kendra.

Il n'avait pas élevé la voix, mais il n'en paraissait que plus menaçant. Instinctivement, elle resserra l'écharpe autour d'elle.

— Tu n'apprécierais pas ma réaction, je te le promets.

— Tu ne peux pas croire sincèrement que je vais rester tranquillement ici. J'ai une vie, Balthazar. Une vie que j'ai choisie, quoi que tu en penses. J'ai…

— Si tu tenais tant que ça à ta vie, il ne fallait pas bouleverser la mienne irrémédiablement.

Il s'approcha d'elle. Il y avait dans son regard une férocité qui aurait dû la terrifier. Mais au contraire, elle avait envie d'y répondre. En se hissant sur la pointe des pieds, en penchant la tête et…

Bon, eh bien, elle était au moins lucide sur ses propres faiblesses. C'était déjà ça. Il fallait juste espérer que ses envies stupides ne se lisaient pas sur son visage.

— Ça t'a peut-être échappé, mais c'est ma vie qui a déjà changé. C'est moi qui porte ce bébé. C'est moi que tu as trimballée dans toute l'Europe aujourd'hui et que tu comptes visiblement abandonner sur cette île.

— La vie que tu connaissais est terminée.

La mâchoire de Balthazar se crispa.

— Je soupçonne que c'était ton objectif depuis le départ. Je dois te féliciter. Je n'ai rien vu venir.

— Oui, bien sûr. J'ai décidé de devenir miraculeusement enceinte comme le font toutes les femmes. D'ailleurs les problèmes de fertilité n'existent pas. C'est bien connu. Toutes les femmes *décident* d'être enceintes, et elles y arrivent.

Il laissa échapper un grognement qui la galvanisa. Soutenant son regard, elle s'efforça de maîtriser le tremblement de ses jambes.

— Tu as peut-être sauvé ton frère, dit-il de ce ton posé qui faisait trembler le monde autour de lui. Mais je te promets que tu le regretteras, Kendra.

L'espace d'un instant, elle crut qu'il allait la saisir par les épaules. La toucher comme dans ses rêves, nuit après nuit…

Au lieu de ça, il tourna les talons et quitta la chambre.

Elle resta clouée sur place, si effarée par son propre désir qu'elle fut surprise que ses jambes ne la lâchent pas.

Puis elle dut faire appel à toute sa volonté pour surmonter une vague de panique quand le bruit de l'hélicoptère troua le silence. Quand Balthazar disparut dans le ciel en la laissant seule avec ces vérités qu'elle connaissait sur elle-même.

La pire d'entre elles étant que, quoi qu'il fasse, elle continuait de le désirer.

Il lui fallut dix jours pour fouiller la villa de fond en comble, ainsi que chaque dépendance, à la recherche de quelque chose qui pourrait lui servir pour s'enfuir. Elle ne trouva rien.

Panagiota était plutôt aimable, mais ferme. Elle s'excusait sans arrêt mais elle n'accédait à aucune de ses requêtes. Il n'y avait pas de réseau de téléphonie mobile. Et encore moins de connexion Internet. Rien à quoi elle ait l'autorisation d'accéder, en tout cas.

Mais de toute façon, il fallait être lucide. Même si elle avait un moyen de communiquer avec le monde extérieur, qui appellerait-elle ? Elle n'en avait aucune idée. Sa famille serait ravie qu'elle soit en position de pousser plus loin les négociations avec Balthazar. Ils ne feraient absolument rien pour l'aider.

Au moins, elle ne se faisait plus d'illusions à leur sujet. N'était-ce pas le signe qu'elle avait mûri ?

Et, tant qu'à être lucide, à présent qu'elle avait exploré toute l'île à la recherche d'une embarcation, elle pouvait bien s'avouer une autre vérité. Peut-être la pire de toutes.

Elle n'avait pas envie de partir.

Elle avait envie que Balthazar revienne.

Ce qu'il ne manquerait pas de faire. Parce qu'il avait beau être furieux, elle portait son enfant.

L'attitude qu'elle avait décidé d'adopter ressemblait peut-être à une capitulation, mais en réalité elle conservait son énergie pour se battre contre son véritable adversaire. Qui n'était pas Panagiota. Après tout, celle-ci ne faisait qu'obéir aux ordres de Balthazar.

Kendra mangeait donc ce qu'il voulait qu'elle mange, suivant les consignes qu'il avait apparemment laissées à la gouvernante en matière de diététique. Il n'y avait aucun moyen de quitter l'île. Elle l'avait vérifié. Alors à quoi bon se morfondre ? Autant faire de longues promenades sur les plages, sur les sentiers et à travers les oliveraies.

Elle dormait dans le lit qu'il lui avait attribué, et malgré son absence elle sentait ses mains sur elle la nuit.

Une semaine s'écoula. Puis une deuxième. L'été touchait à sa fin, même si sur une île de la mer Égée ça ne se sentait pas réellement.

Balthazar ne cherchait pas à prendre contact avec elle. Il se contentait de lui faire parvenir des messages par l'intermédiaire de Panagiota. Toujours laconiques et réduits à l'essentiel. Malgré tout, elle avait l'impression de sentir l'orage qui se préparait.

Elle entendit les rotors un après-midi, six semaines après le départ de Balthazar. Installée au soleil dans son rocking-chair favori sur une des terrasses de la villa, elle lisait un livre provenant de la bibliothèque, dans laquelle elle en avait déjà puisé un grand nombre depuis son arrivée.

Électrisée par le bruit, elle se redressa sur son siège. Consciente que, considérée sous un certain angle, sa prison ressemblait beaucoup à l'idée qu'elle aurait pu avoir du paradis quand elle était plus jeune. Rien à faire à part se promener sur des plages désertes et lire tout son soûl dans un cadre enchanteur ? Elle devrait être folle de joie.

Parfois il lui arrivait d'oublier que ce n'était pas le cas. Qu'elle était prisonnière, même si la cage était belle.

Qu'elle était enceinte d'un homme qui la détestait.

Un homme dont le souvenir continuait à hanter ses nuits.

Elle resta assise, les yeux fixés sur son livre, et ne bougea même pas quand elle entendit des pas derrière elle.

Elle aurait senti la présence de Balthazar même s'il n'avait pas fait un bruit. C'était comme si l'orage était vraiment là, tout proche, sur le point d'éclater. L'atmosphère semblait chargée d'électricité. Et c'était tout juste si elle n'entendait pas des roulements de tonnerre…

En toute logique, elle devrait avoir peur. Pourtant ce qu'elle ressentait ressemblait plutôt à de l'euphorie.

— Quel charmant tableau.

La voix profonde était sardonique. Plus dure que dans son souvenir. Elle lui fit malgré tout le même effet que s'il avait glissé la main entre ses cuisses. Juste trois mots et elle tremblait de désir…

— Quel dommage que je sache que ce n'est qu'une comédie, poursuivit-il sur le même ton.

Elle serra les dents. Comme il était tentant de lui jeter son livre à la tête !

Elle se refréna.

— Comme c'est aimable à toi de passer en coup de vent, Balthazar, dit-elle avec un calme dont elle fut très fière. Tu sais qu'une grossesse poursuit son évolution même si on choisit de l'ignorer, je suppose ? Je dis ça parce qu'un jour, quand tu daigneras faire une apparition, je ne serai plus toute seule ici.

— Le médecin est en train d'installer une salle de consultation dans une des chambres. Il va t'examiner.

— Une infirmerie pénitentiaire, commenta-t-elle en prenant un ton enjoué. Quelle chance !

Elle leva les yeux vers lui. Et le regretta aussitôt.

Regarder Balthazar était… douloureux. Il ressemblait exactement à ce qu'il était. Le diable, un des hommes les plus riches de la planète, et son ennemi.

Vêtu d'un costume sur mesure qui soulignait sa silhouette athlétique et ne laissait aucun doute sur l'étendue de son pouvoir. Malgré son visage dur, malgré son regard méprisant, il était sublime…

S'il était moins beau, serait-elle moins… troublée ?

Quelle importance qu'il soit beau ? Il te retient prisonnière sur cette île depuis six semaines, bon sang !

— Je ne sais pas pourquoi tu as pris la peine de venir, poursuivit-elle sur le même ton enjoué. Au point où nous en sommes, ne serait-il pas plus simple que tu t'abstiennes de toute visite ? Je peux très bien élever ton enfant toute seule dans la honte et la solitude.

— Je doute que tu éprouves quoi que ce soit qui ressemble à de la honte, rétorqua-t-il avec un rire dur qui lui fit presque froid dans le dos malgré le soleil. Mais ça n'a aucune importance, de toute façon. Je n'ai pas l'intention de te laisser ici éternellement, même si c'est très tentant. Que ça te plaise ou non, tu seras la mère de mon enfant. Et je suis Balthazar Skalas. Il y a certaines conventions à respecter.

— Je n'ose pas imaginer lesquelles. D'autres kidnappings ? D'autres insultes et accusations ? J'ai hâte de voir ça.

Il eut un sourire glacial.

— Je croyais que tu savais exactement lesquelles, Kendra.

De toute évidence, il prenait plaisir à cette situation. Elle frissonna. Et elle vit qu'il l'avait vu.

Il se comportait en vainqueur… Elle se surprit à retenir son souffle.

— Si je suis venu, c'est pour te féliciter, bien sûr, poursuivit-il, l'air satisfait.

Non, pire que ça. Triomphant.

— Puisque nous nous marions demain.

8.

Voir Kendra avec cet air abasourdi compensait presque le fait qu'il l'épousait contraint et forcé…

Il y avait eu aussi un éclair de colère dans ses yeux. De toute évidence, elle n'était pas aussi calme et sereine qu'elle le paraissait.

Parfait. Pourquoi serait-il le seul à redouter l'inévitable ? Après tout, elle l'avait bien cherché. Elle était une Connolly, elle avait conspiré contre lui avec son père et son frère. Cette situation, elle en était responsable.

Balthazar ignora la petite voix qui lui rappela que les manigances de Kendra n'auraient eu aucune conséquence s'il n'avait pas perdu la tête au point de coucher avec elle sans préservatif. Une voix qu'il ignorait depuis des semaines.

Il était trop consterné par sa propre conduite. Comment avait-il pu perdre le contrôle de lui-même à ce point, quand son père l'avait formé pendant des années à rester fermé à toute émotion en toutes circonstances ? Même le sexe était censé n'être qu'un défoulement. Rien de plus.

Et en aucun cas un élan irrésistible…

— Je ne t'épouserai pas, lança Kendra comme il fallait s'y attendre.

Il la regarda d'un œil froid se redresser sur son rocking-chair, puis se lever avec effort. Son ventre s'était bien arrondi depuis la dernière fois qu'il l'avait vue… Mais pas question de s'attarder là-dessus.

— Ni demain ni jamais !

— Tu commences à me fatiguer. Tu ne veux pas faire ci, tu ne veux pas faire ça… Je te suggère de changer de refrain. Pendant ce temps, le médecin attend.

— Je dois posséder des pouvoirs magiques redoutables pour réussir à te fatiguer au bout de six secondes après une absence de six semaines. Le problème, c'est peut-être ta capacité de concentration.

Il resta impassible. Pas question de s'abaisser à ce genre de discussion avec elle. Même s'il en avait envie. *Surtout* parce qu'il en avait envie… D'un geste il indiqua le passage en voûte qui donnait accès à l'intérieur de la maison et il attendit qu'elle le précède.

Pendant un instant, il eut un doute. Allait-elle rester immobile ? Protester ? Quand elle finit par passer devant lui d'un pas vif, il scruta son visage. Impossible de déchiffrer ses expressions successives, mais il semblait malgré tout évident qu'elle était furieuse.

Elle deviendrait sa femme demain matin. Elle était enceinte de lui.

Elle était son ennemie.

Trois excellentes raisons de ne pas être rongé par ce désir impérieux… À sa grande exaspération, Balthazar dut faire appel à toute sa volonté pour ne pas la toucher.

Lui qui d'un seul regard pouvait faire baisser les yeux aux hommes les plus puissants de la planète, il parvenait à peine à se contrôler en présence d'une femme qui devrait le révulser.

C'était intolérable… et persistant. Trois années n'avaient pas suffi à émousser son désir. Pourquoi s'était-il dit que cette fois six semaines régleraient le problème ?

Conscient qu'il n'avait pas la réponse à cette question, Balthazar précéda Kendra dans un long couloir, puis ils traversèrent une cour intérieure égayée de magnifiques bougainvillées roses, et il la fit entrer dans une des pièces aménagées par son personnel en cabinet médical.

Sachant qu'il pouvait compter sur son médecin pour lui faire un rapport détaillé, il la laissa là.

Il repartit avec un soupir de soulagement. Plutôt mourir que de l'avouer, mais ce moment de répit n'était pas du luxe.

Parce qu'il fallait bien le reconnaître. Il n'avait pas été du tout préparé à la voir.

L'éclat qu'il avait remarqué en France et qu'il avait attribué à l'éclairage de sa maison – ou au soleil de la Côte d'Azur – était encore plus saisissant. Elle était d'une beauté radieuse. Comment était-il censé faire pour rester de marbre ?

Dans la cour, au milieu des bougainvillées, il était poursuivi par l'image de Kendra. Son visage mais aussi son corps. Ses hanches plus pleines, son ventre arrondi. Elle portait son enfant. C'était une idée troublante. Émouvante, même. Impossible de le nier. *Son enfant*, niché dans ce corps qui s'arrondissait peu à peu…

Il ne s'attendait pas à ça. Cette réaction… aberrante qu'elle provoquait en lui. De la tendresse se mêlait au désir qui le taraudait. De la tendresse ! Une faiblesse impardonnable. Toute émotion, quelle qu'elle soit, était dangereuse. Ne le savait-il pas ?

Mais pas question de penser à sa famille. Aux dégâts provoqués par la sentimentalité.

Inutile de penser à ça quand il savait qui était responsable.

Il s'était convaincu que son désir irrépressible pour Kendra se limitait à deux moments de folie distants de trois ans et que cette folie était terminée. Il avait passé un mois à régler les détails de l'étape suivante, inéluctable à présent que la naissance de son héritier approchait.

Il avait même rencontré son frère pour mettre au point

les modifications à apporter à son testament et à divers trusts. Pour des questions d'ordre successoral.

— Kendra… *Connolly* ? avait répété Constantine d'une voix traînante.

D'un geste nonchalant, il avait indiqué la vue panoramique sur Athènes derrière les baies vitrées du bureau de Balthazar, comme s'il s'attendait à ce que toute la Grèce approuve son étonnement.

— Tu n'es pas sérieux.

— Je ne vois pas pourquoi je ferais une annonce de ce genre pour plaisanter.

— C'est une Connolly.

— Comme tu viens de le dire.

Constantine avait secoué la tête.

— Qu'est-ce qui te prend ? Après tout ce que…

Il s'était interrompu, puis toute trace d'indolence avait disparu de son attitude. Le regard pénétrant, dont Balthazar se demandait parfois s'il n'était pas le seul à l'avoir déjà vu, transforma son visage. Constantine avait soudain tout du requin qu'il était réellement.

— Laisse-moi deviner. Tu l'as mise enceinte. Bon sang, Balthazar. Comment as-tu pu être aussi négligent ?

— Des félicitations seraient tout indiquées. Étant donné que tu vas bientôt devenir oncle.

Constantine s'était esclaffé.

— On peut dire que tu n'hésites pas à sortir des sentiers battus quand il s'agit de te venger de tes ennemis. Ça me donne des idées.

Puis il avait eu un sourire énigmatique qui avait distrait Balthazar pendant un instant. Qui son frère avait-il en tête ? S'il décidait de se venger de quelqu'un, sa future victime n'avait aucune chance contre lui. S'abstenant de demander des précisions, Balthazar s'était contenté de dire :

— Prépare-toi, parce que tu seras le *koumbaro*.

Si Constantine avait vu une objection à jouer auprès de son frère le rôle de *koumbaro*, soit à la fois témoin, garçon d'honneur et futur parrain, il avait eu la sagesse de la garder pour lui.

Sans doute parce qu'il était trop occupé à élaborer sa propre vengeance, avait songé Balthazar.

Et quelques jours plus tard, parmi les bougainvillées de la cour intérieure de sa villa, en proie à un désir persistant pour l'ennemie qu'il avait prévu d'épouser, il était obligé de se rappeler avec fermeté que sa motivation était la vengeance.

Celle-ci prenait juste une autre forme que celle qu'il avait en tête quand Kendra avait pris rendez-vous avec lui à la Skalas Tower quelques mois plus tôt.

Il n'avait jamais imaginé qu'il pourrait frôler la ruine à cause d'une Connolly.

Ne laisse pas la tentation te détourner de ton objectif. Tiens bon.

Un peu plus tard – quand le médecin fut parti après avoir annoncé que Kendra et le bébé ne pouvaient pas être en meilleure santé –, le dîner fut servi sur une des terrasses donnant sur la mer. Balthazar n'attendit pas que la bonne cuisine atténue la colère de Kendra. Il fit glisser sur la table le dossier qu'il lui avait apporté.

— Qu'est-ce que c'est ? demanda-t-elle d'un ton sec qui jurait avec son visage rayonnant.

— Les accords que tu dois signer.

— Je ne signerai rien.

— Ça ne ressemble pas au changement de refrain que je t'ai demandé. N'ai-je pas été assez clair ?

Balthazar scruta le visage de Kendra. Nul doute qu'elle allait se rebeller, discuter. Pour être honnête, il n'attendait que ça. Il y avait chez cette femme quelque chose qui l'attirait irrésistiblement. C'était la triste vérité, contre laquelle il ne parvenait pas à lutter malgré tous ses efforts. L'espoir qu'il avait eu de s'être libéré de cette malédiction après six semaines d'éloignement s'était évanoui dès l'instant où il l'avait vue dans son rocking-chair, avec sa chevelure cuivrée enflammée par les rayons du soleil.

Peut-être était-il temps de le reconnaître.

Mais contre toute attente Kendra ne se laissa pas entraîner dans une querelle. Elle détourna les yeux vers l'horizon. Sans doute rêvait-elle à d'éventuels moyens de lui échapper. D'échapper aux conséquences que lui-même avait été obligé d'accepter…

— Ton argent ne m'intéresse pas, dit-elle au bout d'un moment, le regard fixé sur le soleil couchant. Tu sais très bien que j'en ai. Il est inutile de signer des accords à ce sujet.

— Tu veux dire que ton père a de l'argent, corrigea-t-il en se calant dans son siège, impassible.

Pas question de trahir sa rage. Ce n'était pas parce qu'elle le rendait fou qu'il devait perdre son sang-froid.

— Ce n'est pas tout à fait la même chose, n'est-ce pas ?

Elle reporta son attention sur lui, les yeux étincelants.

— Rappelle-moi, à qui appartenait ton argent au départ ?

Il se surprit à esquisser un sourire. Pâle.

— Tu as raison. Cependant, à ma connaissance tu n'as jamais participé personnellement à des opérations financières ou commerciales fructueuses. Contrairement à moi. Mais je me trompe peut-être ?

— Je travaillais dans un domaine viticole en Provence jusqu'à il y a six semaines.

Il arqua un sourcil narquois.

— Es-tu déconnectée de la réalité au point d'imaginer que travailler comme serveuse revient à créer de la richesse en faisant des affaires ? Mais peut-être gagnais-tu tes pourboires de la même manière que tu as négocié au cours de notre rendez-vous d'affaires à Manhattan ?

Kendra ne mordit pas à l'hameçon. Pourquoi en était-il vaguement déçu ? se demanda-t-il, irrité contre lui-même.

Elle soupira, comme si c'était lui, la source de tous les problèmes.

— J'ai dû mal entendre. L'homme qui m'a kidnappée pour me garder prisonnière sur son île privée n'a pas pu me parler de *la réalité*.

À sa grande exaspération, il resta sans réplique. Lui qui se targuait de ne jamais manquer de reparties cinglantes… Et pendant qu'il bouillait de rage, elle ne trouvait rien de mieux à faire que de se resservir en légumes et de reprendre la dégustation de son poulet grillé avec des gestes posés. En bref, elle l'ignorait !

Elle l'ignorait.

Il se força à décrisper sa mâchoire.

— Pour m'exprimer avec une franchise brutale…

— Tu serais prêt à bousculer tes habitudes à ce point ? Incroyable…

Il ignora cette pique. Et poursuivit avec magnanimité.

— Ce n'est pas toi qui m'inquiètes, *kopéla*. C'est évidemment la cupidité et la fourberie de ton père et de ton frère.

— Tu nous épouses tous les trois ?

Il ne parvint pas à identifier la note dans la voix de Kendra. Mais son expression était éloquente.

— Oh ! je vois, reprit-elle alors que le silence se prolongeait. J'oubliais que je ne suis qu'un instrument utilisé par mon père et mon frère pour accomplir leurs noirs desseins. Tu penses que tu les prives de leur petit jouet en te l'appropriant. Et naturellement, tu veux que je signe des documents pour que ces niaiseries de cour d'école soient garanties par la loi. Après tout, quelle importance ? Ma vie ne m'a jamais appartenu, de toute façon.

Il y avait une telle amertume dans la voix de Kendra

que Balthazar eut un pincement au cœur. Et lorsqu'elle prit le dossier d'un geste vif, il eut le sentiment d'avoir perdu quelque chose.

Un sentiment qui devint de plus en plus présent au fur et à mesure qu'elle tournait les pages pour les parapher avec de grands gestes.

— Tu ne sembles pas lire les documents, Kendra.

— C'est important ? rétorqua-t-elle sans lever les yeux vers lui. L'humiliation s'accomplit déjà dans le simple fait de la signature, non ? Pas dans le contenu des documents.

Elle remit en place le capuchon du stylo, referma le dossier et lui renvoya le tout en le faisant glisser sur la table.

— Voilà, Balthazar. Félicitations, tu me tiens sous ta domination, documents légaux à l'appui. Quel environnement familial merveilleux ce sera pour notre enfant.

Balthazar déglutit péniblement. C'était l'allusion à l'enfant qui le perturbait à ce point, se dit-il. C'était d'imaginer cet enfant déchiré entre deux parents en guerre, comme ils l'avaient été, son frère et lui. C'était ça qui lui serrait le cœur. Rien d'autre.

Il s'était concentré sur les conséquences financières et pratiques de la grossesse de Kendra. Sur les mesures à prendre pour limiter les dégâts.

Si bien qu'il n'avait pas pensé à l'enfant lui-même. Il n'avait pas pensé que ce serait un être humain qui aurait besoin de ses deux parents et qui aurait envie qu'ils s'entendent mieux, comme lui lorsqu'il était enfant.

Il venait seulement d'en prendre conscience et c'était comme s'il avait reçu un coup de poing dans l'estomac. Il ne pouvait pas s'empêcher de se demander comment aurait pu être sa vie si ses parents avaient été différents. S'ils n'avaient pas été en permanence à couteaux tirés. S'ils avaient réussi à ne pas empoisonner tout ce qu'ils touchaient…

Mais mieux valait éviter ce genre de pensées. D'autant plus qu'elles lui donnaient le sentiment désagréable d'être déloyal…

— Pourquoi me regardes-tu comme ça ? demanda Kendra au bout d'un moment.

Trouvait-elle oppressant le silence qui s'était installé entre eux ? Ou bien était-ce seulement lui ?

— Ça ne va rien changer, ajouta-t-elle.

— Aucun changement n'est nécessaire.

Il haussa les épaules. Curieusement, le regard furieux qu'elle dardait sur lui semblait l'avoir débarrassé de ce poids sur la poitrine…

— Nous nous marierons demain matin. Étant une Connolly, tu ne mérites pas une telle considération, mais tu vas devenir ma femme. Tu as le droit de me remercier.

— Je me passerais volontiers de ce genre de considération, en fait.

— Tant pis. L'enfant que tu portes sera mon héritier, et je tiens à ce qu'il soit légitime. Si tu avais lu les documents que tu viens de signer, tu saurais que j'ai prévu une pension généreuse pour toi, parce que tu es la mère de notre enfant. Quoi que l'avenir nous réserve.

Comme il s'y attendait, elle ne le remercia pas pour ça non plus.

— Avons-nous un avenir ? demanda-t-elle en arquant un sourcil. Oh ! attends… Tu entends par là une succession de cages dorées dans lesquelles je serai censée me sentir chez moi ?

— Ça ne dépend que de toi, Kendra.

— Pourquoi ai-je beaucoup de mal à te croire ?

Il l'étudia un instant avant de répliquer.

— Ce rôle que tu t'escrimes à jouer, celui de l'innocente victime d'une injustice, ne te convient pas du tout.

— Alors que celui de despote déterminé à tout régenter

te va comme un gant. Comme si tu avais de l'expérience. Je parie que tu en as, d'ailleurs.

— Il ne te reste que quelques mois. Donne libre cours à ton amertume tant que tu veux. Mais, dès la naissance de l'enfant, c'est terminé. Sinon, je prendrai des dispositions pour que tu le voies le moins possible.

— Je ne sais pas ce qui te fait penser que ce sera un garçon. Sans doute prends-tu simplement tes rêves pour des réalités. Et tu peux essayer de me séparer de ce bébé, mais je ne te le conseille pas.

— Il y a un détail qui t'échappe, visiblement. Je suis Balthazar Skalas et nous sommes en Grèce. Aucun tribunal de ce pays n'accordera la moindre importance à ton point de vue quand j'aurai fait connaître le mien.

À la grande surprise de Balthazar, Kendra se contenta de rire.

— Toutes ces menaces… C'est ta façon habituelle de gérer tes relations avec les autres ? C'est à ce genre de traitement qu'il faut s'attendre quand on est ta maîtresse ? Pas étonnant que tu les uses aussi vite que des mouchoirs en papier.

— Mes relations avec mes maîtresses sont très différentes des nôtres. Elles ont un rôle plus… actif.

Kendra posa les coudes sur la table et se pencha en avant, comme si le sujet la passionnait.

— Dis-m'en un peu plus sur ton style de vie habituel. Tes maîtresses vont-elles participer à mon humiliation ? Vais-je rester cloîtrée dans cette prison luxueuse ou dans une autre, pendant que tu te pavaneras en public avec tes différentes partenaires ?

Elle ne semblait pas particulièrement contrariée par cette possibilité. À la grande irritation de Balthazar.

— En quoi cela te regarde-t-il ?

— Ce n'est pas pour moi que je pose cette question,

répliqua-t-elle avec un sourire factice. C'est pour ton enfant. Mais ça t'est peut-être égal qu'elle risque de grandir en te détestant. En détestant la façon dont tu traites sa mère. Pire encore, la façon dont tu humilies ta famille en public. Mais ton père n'était-il pas ce genre d'homme ? Peut-être que ton enfant ne peut pas espérer mieux.

Elle n'aurait pas pu viser plus juste… Admiratif malgré lui, Balthazar faillit s'esclaffer. Il n'avait rien vu venir. En fait, il ne l'aurait jamais crue capable de porter un coup aussi redoutable. Dire qu'il l'avait prise pour un simple pion…

Il se cala dans son siège en s'efforçant de surmonter le choc.

Pendant ce temps elle continua à manger, comme si elle n'avait pas le moindre souci.

Comme si elle ne venait pas de lui infliger une blessure grave.

— Mes deux parents avaient des liaisons, finit-il par déclarer.

C'était vrai, mais ça ne donnait pas pour autant une image fidèle du mariage de ses parents. Et encore moins de ce qu'il était devenu.

— Demetrius Skalas n'avait pas de liaisons, objecta Kendra d'un ton posé. Une liaison, ça suppose une certaine discrétion. Ton père préférait s'afficher avec une nouvelle femme à son bras le plus souvent possible. Quand ta mère lui a rendu la pareille, il a divorcé.

— Merci de parler de faits dont tu ignores tout, rétorqua-t-il en s'efforçant d'ignorer son pouls qui s'emballait.

Elle eut un sourire légèrement crispé, qui démentait le calme de sa voix.

— Panagiota m'a privée d'accès à Internet, mais il se trouve qu'elle sait des tas de choses et qu'elle les raconte volontiers.

Il secoua la tête. Et s'exhorta au calme. Pas question

de laisser éclater sa fureur. Elle n'était pas n'importe quel adversaire. Elle n'était pas son père, cet homme méprisable. Elle était la mère de son enfant, qu'il le veuille ou non.

— Mon père était un homme exigeant, dit-il quand le silence devint de nouveau trop pesant. Si on n'était pas à la hauteur de ses attentes, les conséquences étaient fâcheuses. Tous les gens qui le connaissaient le savaient.

— Es-tu en train de me dire que ta mère avait mérité d'être humiliée ?

Elle fit la grimace.

— Je suppose que j'ai intérêt à être prudente.

— Je ne suis pas mon père.

— Vraiment ?

Elle se renversa contre le dossier de son siège et posa la main sur son ventre. Il réprima un commentaire sarcastique. Lui dire d'arrêter de faire du cinéma était très tentant. Mais curieusement, il avait l'impression que ce geste était inconscient.

De nouveau, la réalité de la situation s'imposa à lui. Son fils était dans ce ventre. *Son fils* viendrait au monde dans quelques mois et il l'appellerait papa. Sans doute était-ce pour cette raison qu'il ne répondait pas à Kendra aussi rageusement qu'il le pourrait.

Qu'il le devrait.

— Mon frère et moi, nous avons très peu d'écart. Et ma mère… Après la naissance de mon frère, il paraît qu'elle a disparu. Elle a laissé nos nurses s'occuper de nous et n'a plus quitté ses appartements. Au bout de quelque temps, mon père l'a fait admettre dans une clinique privée en Autriche, où elle était bien soignée. Mais elle n'est pas revenue avant plusieurs années.

— Et tu penses que c'est… la preuve de sa culpabilité ?

— C'est simplement ce qui s'est passé.

— Ce que tu décris ressemble à une dépression post-partum, Balthazar. Ce n'était pas son choix.

Kendra scruta son visage avant d'ajouter :

— Tu le sais, n'est-ce pas ?

— Ce que je sais, c'est que mon père ne supportait pas la faiblesse. Chez personne.

Kendra était immobile, la main toujours sur le ventre.

— Tu es donc en train de me dire que ta mère a souffert d'une grave dépression et que ton père a décidé de la punir pour un déséquilibre chimique et hormonal dont elle n'était pas responsable.

— C'était un homme impitoyable.

— Et toi ? Es-tu capable de pardonner ?

Il réprima un soupir. C'était le moment de lui dire le reste, de vérifier une fois pour toutes ce qu'elle savait et à quel jeu elle jouait. Pourquoi ne parvenait-il pas à s'y résoudre ? Il était poursuivi par l'image d'un petit garçon qui avait ses yeux et qui le regardait comme lui-même avait regardé son père.

Kendra tapota le dossier resté sur la table.

— Apparemment non.

— Mérites-tu le pardon, Kendra ? rétorqua-t-il en se forçant à rester immobile sur son siège.

Il avait pourtant tellement envie de donner libre cours à sa fureur… De casser quelque chose… De jeter la table dans la mer en contrebas…

Ce serait plus facile que d'affronter ce qui lui arrivait. De penser à sa mère, de plus en plus perturbée quand il était enfant, jusqu'à ce que son père demande le divorce. Elle était partie panser ses plaies publiquement, et ça avait été horrible. Il avait toujours considéré ça comme une trahison. Il l'avait toujours jugée sévèrement, aussi bien pour son aventure extraconjugale, sur laquelle ni son père ni lui-même ne pouvaient fermer les yeux, que pour son départ.

Ce qu'il n'avait jamais fait, c'était se demander comment et pourquoi elle avait perdu le respect de son père. Et encore moins si elle avait subi une injustice. Et, à présent qu'il se posait la question, quelque chose qui ressemblait à de l'effroi lui nouait l'estomac.

— D'après toi, non, je ne le mérite pas, répliqua Kendra.

Sans paraître particulièrement préoccupée à l'idée qu'il puisse ne pas lui pardonner.

— Mais je n'ai pas besoin de te prouver quoi que ce soit, Balthazar. Je me moque de ce que tu penses. Je vais t'épouser, pas parce que tu l'as exigé mais parce que je suis rationnelle et consciente qu'en me mariant avec toi j'offrirai à ma fille la meilleure vie possible. Continue à parler du passé, si ça te fait du bien. Moi, je me concentre sur l'avenir.

Elle se leva, avec une grâce insolente en dépit de son ventre imposant. Le pouls de Balthazar s'accéléra encore. C'était la rage, se dit-il. Une rage folle. Quoi d'autre ?

Il se dressa avant de l'avoir décidé. Et il lui bloqua le passage. Elle plongea son regard dans le sien, le menton relevé. Ses mèches cuivrées flottaient autour de son visage, éclairées par les derniers rayons du couchant.

— Tu n'as aucune supériorité morale, gronda-t-il en la saisissant par les épaules. Tu as obtenu ce que tu voulais, mais je peux t'assurer que le prix à payer sera très élevé.

— Ce que je *voulais*, c'était la paix. Le calme. Une maison à moi pleine de livres, avec une cheminée et autant de croissants au beurre que j'étais capable d'en avaler. Ce qui fait un grand nombre de croissants.

« Au lieu de ça, tu as fait irruption dans cette vie que j'avais choisie et tu m'as amenée ici. Et je ne suis pas stupide, Balthazar. Je ne suis pas “déconnectée de la réalité”. Je suis parfaitement consciente que cette prison est agréable. Belle. Beaucoup de gens rêveraient de venir ici et d’y rester jusqu’à la fin de leurs jours. Pas moi. »

— Si ce que tu voulais m’intéressait, je te l’aurais demandé.

Contre toute attente, au lieu de tressaillir, au lieu de réagir comme s’il l’avait giflée, elle se hissa sur la pointe des pieds, se rapprochant encore de lui.

Sans manifester la moindre peur.

Pourquoi le rendait-elle fou de désir ? Pourquoi ? Il n’y avait aucune raison…

— Tu peux me donner tous les ordres que tu veux. Tu ne me contrôleras jamais. S’il se trouve que j’accomplis tes souhaits, sache que c’est parce que je le veux bien. Pas parce que tu l’as exigé.

— Intéressant, de la part d’une fille qui était prête à se prostituer sur l’ordre de son père…

— Tu ne sais rien de ma famille. Ni de moi. Et je n’ai pas envie que tu saches quoi que ce soit. Tu ne le mérites pas.

Elle respirait la dignité offensée… C’était risible, se dit Balthazar. Mais il ne rit pas.

Il attira Kendra contre lui et il s’empara de sa bouche.

Enfin.

Et ce fut de nouveau le même embrasement. Le même jaillissement d’étincelles électriques.

Il approfondit son baiser et laissa échapper un grognement extatique quand elle lui répondit avec ardeur.

Puis il fut pris de vertige quand elle s’arracha à sa bouche et s’écarta de lui.

— M’embrasser ne change rien.

Elle avait la voix qui tremblait… Cette constatation le remplit d’une fierté indicible.

— Tu crois vraiment qu’un baiser comme celui-ci est

une punition ? Eh bien, non. Si je n'aimais pas ça, je te mordrais.

— Oui, oui, *kopéla*, acquiesça-t-il d'une voix traînante.

Et il jubila en la voyant se rembrunir.

— Tu es féroce. Tu as des crocs et j'ai hâte de les sentir s'enfoncer dans ma peau.

Elle lui montra les dents et il pouffa. Bon sang, comme il avait envie d'elle ! Tellement envie que c'en était douloureux. Mais la souffrance, ça le connaissait.

— N'oublie pas que tu m'as dit ça, Balthazar.

Il lui prit le menton et sourit en voyant des éclairs de colère jaillir de ses yeux d'or.

— Tu peux raconter tout ce que tu veux, prendre toutes les attitudes que tu veux, demain matin, tu seras ma femme.

9.

Kendra ne faisait pas partie des femmes qui idéalisaient pendant des années le jour de leur mariage. Elle n'avait rien contre ce genre de fantasmes, mais dans les siens elle s'était toujours vue assise derrière un bureau imposant au siège de l'entreprise familiale.

Cependant, si elle avait dû avoir des rêves de mariage, ils n'auraient pas ressemblé à… ça.

Une cérémonie très intime dans une partie de l'île qui avait été sanctifiée, comme le lui avait annoncé Panagiota d'un ton solennel.

— Est-ce que c'est… bien ? avait-elle demandé avec perplexité.

— C'est mieux que bien, avait affirmé la gouvernante. C'est indispensable.

C'était le matin de son mariage « sanctifié », et elle s'était réveillée avec sur la bouche l'empreinte du baiser que Balthazar lui avait volé la veille au soir. Une empreinte qui n'existait que dans son imagination, avait-elle constaté en s'examinant dans le miroir. Lorsque Panagiota était arrivée avec un sourire joyeux, une robe blanche dans les bras, elle avait hésité entre déchirer celle-ci ou demander une tenue plus appropriée aux circonstances, comme un linceul noir.

Elle aurait peut-être fait les deux si elle n'avait pas commis l'erreur de passer la main sur le tissu fluide quand Panagiota avait étendu la robe sur le lit. Aussitôt, elle l'avait enfilée.

Son corps se transformait de jour en jour et lui réservait régulièrement des surprises. Ses vêtements ne lui allaient jamais comme elle s'y attendait. Plus étonnant encore, son centre de gravité s'était déplacé.

Mais cette robe était comme une caresse sur sa peau. Et surtout, elle lui donnait le sentiment d'être belle et sensuelle.

En se contemplant dans le miroir, Kendra sentit son cœur se serrer. Puis il se mit à battre à grands coups.

Hier soir elle avait dit des tas de choses à Balthazar. Puis elle était restée éveillée une bonne partie de la nuit, à se demander si elles étaient vraies. Parce qu'il suffisait qu'il la regarde pour qu'elle soit parcourue de frissons.

Après six semaines de solitude, elle avait trouvé agréable de frissonner. Peut-être davantage qu'elle l'aurait dû.

— Je veux que tout ce que je lui ai dit soit vrai, déclara-t-elle à voix haute devant le miroir, une main sur le ventre.

Son bébé grandissait de jour en jour. Le temps passait de toute façon, quoi qu'elle dise ou ne dise pas à Balthazar.

Elle se coiffa elle-même, confectionnant un chignon approximatif auquel elle parvint à donner un certain chic. Elle appliqua une fine couche de gloss sur ses lèvres, mais décida de se passer de blush. Son teint était assez éclatant, pas besoin d'en rajouter. Ni de masquer ses taches de rousseur. Elle ne prit pas la peine non plus de maquiller ses yeux.

Et curieusement, elle se sentit presque… libre.

Sans doute parce qu'elle ne pouvait s'empêcher de s'imaginer sur le point d'épouser un de ces jeunes gens que sa mère lui avait présentés obstinément au fil des années. Elle serait assise dans le salon de la propriété de ses parents dans le Connecticut, vêtue d'une robe beaucoup plus traditionnelle. Avec un voile sur les cheveux… Il y aurait une armée de domestiques, et une interminable liste d'invités, des gens qu'elle ne connaissait pas et qu'elle n'avait pas envie de connaître.

Si elle n'avait jamais fantasmé sur le jour de son mariage, c'était peut-être parce que son déroulement avait toujours été prévisible dans les moindres détails. Elle n'aurait certainement pas eu cet air heureux qui sautait aux yeux dans le miroir…

Mais si elle rayonnait, c'était dû à la grossesse, se dit-elle aussitôt en s'efforçant d'ignorer les battements de son cœur. C'était le bébé qui donnait cet éclat à son visage. Ça n'avait rien à voir avec le bonheur. C'était hormonal.

Ou alors, elle avait complètement perdu la raison. Parce que, certes, elle avait proclamé son indépendance devant Balthazar hier soir, mais en fait elle avait fait tout ce qu'il avait voulu. Elle avait accepté de l'épouser. Elle avait signé les documents. Elle avait mis cette robe.

Quand allait-elle retrouver le sens des réalités ? Une évidence s'imposa soudain à Kendra. La réalité, c'était justement ça. Le bébé qui grandissait en elle et l'homme qui l'attendait pour l'épouser.

Et cette réalité valait mille fois mieux que la vie qu'elle avait laissée dans le Connecticut.

Assommée par cette révélation, Kendra s'efforça de reprendre ses esprits tout en suivant Panagiota, venue la chercher pour la guider jusqu'au lieu de la cérémonie. Elles traversèrent la villa, en sortirent, suivirent un chemin rocailleux, passèrent devant une ancienne chapelle en ruine et arrivèrent à proximité d'un petit autel perché au sommet d'une falaise.

Trois personnes l'attendaient devant, comme suspendues entre le ciel d'un bleu éclatant et la mer qui scintillait sous le soleil. Balthazar, comme à son habitude vêtu de noir et l'air sévère. Le pope, énigmatique. Et un homme qu'elle n'avait jamais vu mais qu'elle reconnut immédiatement.

Constantine Skalas, les cheveux ébouriffés, un vague sourire aux lèvres, donnait l'impression de sortir tout juste du lit d'un top model.

Tandis qu'elle avançait vers eux, les mains crispées sur les gardénias que Panagiota lui avait tendues en chemin, Kendra vit que Balthazar et le pope la fixaient d'un air réprobateur. Constantine se contenta de continuer à sourire.

Kendra leur adressa à tous un sourire éclatant. Si elle était là, c'était parce qu'elle avait choisi une autre vie que celle que lui réservait sa famille, se rappela-t-elle. Ce qui méritait une célébration.

— Un mariage en blanc, murmura Balthazar d'un ton lugubre en lui prenant le bras. Espérons que Dieu ne va pas nous infliger son châtiment sur-le-champ.

— Aujourd'hui notre enfant devient légitime, Balthazar, répliqua-t-elle en souriant.

La cérémonie fut célébrée en grec et en anglais. Ce fut le pope qui leur passa à chacun un anneau au doigt, puis ceux-ci furent échangés trois fois par Constantine. Vint ensuite le couronnement des mariés, la lecture de textes, et divers autres rites avant la marche nuptiale, qui consistait pour le couple à tourner trois fois autour de l'autel.

Kendra ne put s'empêcher d'être émue par ces traditions. Comme le bébé qui vivait en elle, *son* bébé, le mariage la faisait entrer dans une nouvelle dimension, plus noble que celle où elle avait vécu jusque-là. Une dimension dans laquelle les querelles qui les opposaient, Balthazar et elle, semblaient dérisoires.

D'une certaine manière, ce mariage qu'elle n'avait pas souhaité lui donnait de l'espoir.

Elle s'accrocha à cette pensée une fois la cérémonie terminée. Balthazar et son frère s'en allèrent quelque part. Panagiota lui mit dans les mains un petit sac de *koufeta* – amandes enrobées de sucre – puis s'éloigna en compagnie du pope.

Kendra passa les premiers moments de sa vie de femme mariée – d'épouse de Balthazar Skalas – en robe blanche, des gardénias et des amandes sucrées dans les mains, devant un autel. Déterminée à ne pas abandonner l'espoir qui soufflait en elle.

Elle s'approcha de la balustrade pour contempler la mer Égée.

Peu à peu elle perdit la notion du temps, mais quand Balthazar revint, elle sentit sa présence avant qu'il s'immobilise à côté d'elle.

— Je reconnais que je m'attendais à me sentir différente, dit-elle sans le regarder.

— Tu devrais te sentir différente. Tu n'es plus une Connolly.

Il prononça le nom comme si c'était un synonyme de « rat ». Comme chaque fois.

— Tu es une Skalas.

— Oh ! quelle joie.

De l'autre côté de la villa, l'hélicoptère décolla, ramenant sans doute Constantine et le pope sur le continent. Longtemps après que le bruit des rotors se fut éteint, ils étaient toujours là, face à la mer, à proximité de l'autel.

Seul le bruit des vagues se brisant sur les rochers en contrebas troublait le silence.

Finalement, n'y tenant plus, Kendra se tourna vers l'homme qui était à présent son mari.

Son mari.

Elle avait de lourdes bagues au doigt, qui le prouvaient. Et surtout, elle portait son bébé. Son bébé qui bougea à cet instant, comme pour manifester son approbation.

Elle s'accrocha à l'espoir qui avait germé en elle. À la

beauté de la cérémonie qui les avait unis. Cet espoir était toujours là, bien présent. Mais comment pouvait-elle se sentir liée à cet homme sans discerner la moindre trace de complicité sur son visage fermé ?

— Et maintenant ? demanda-t-elle d'une voix calme. Les humiliations et les punitions commencent-elles aujourd'hui ? Ou bien y allons-nous progressivement ?

— Tu joues la provocation… Mais que ferais-tu si je te prenais au mot ?

Kendra haussa les épaules. Si seulement elle pouvait se sentir aussi désinvolte qu'elle voulait le paraître… En réalité, elle ne se sentait plus aussi forte qu'hier soir. Elle avait perdu son assurance.

Pourquoi ? À quoi était dû ce changement ? Aux consentements qu'ils venaient d'échanger en deux langues ?

— Vas-y, prends-moi au mot. Mais d'abord, j'ai l'intention de manger. Personne n'aime être humilié le ventre vide.

Elle s'appliqua à déguster son repas de noce dans sa robe blanche, sur une autre terrasse que la veille, avec une autre vue sur la mer. Salade de fruits de mer marinés au citron et à l'huile extraite des olives de l'île. Gigot d'agneau accompagné d'orzo à la tomate et au fromage. Et enfin, de délicieux baklavas.

Balthazar se joignit à elle, mais il ne mangea pas. Il resta assis en face d'elle en silence, la mine sombre. Son intention était-elle de l'empêcher d'apprécier son repas ? Raison de plus pour y faire honneur en prenant tout son temps…

Quand elle eut terminé, le silence se prolongea encore. Et encore. Elle finit par le rompre.

— Je dois dire que, pour l'instant, je trouve que le mariage est un enchantement. Cependant, je n'avais pas compris que nous avions fait vœu de silence. Était-ce précisé en grec ?

Un muscle se crispa dans la mâchoire de Balthazar.

— Nous devons encore nous mettre d'accord sur certaines conditions.

— Et moi qui croyais avoir signé tous les documents nécessaires, hier soir. N'établissaient-ils pas les conditions en question ?

— Ils concernaient les aspects financiers du mariage. Mais à présent, nous devons décider du reste.

Le cœur de Kendra s'affola et une vive chaleur se répandit au creux de ses reins. Mais, déterminée à masquer son trouble, elle se cala dans son siège avec un sourire courtois et attendit.

— Tu as plusieurs options, bien sûr. Mais chacune d'elles a des ramifications. Comme je te l'ai dit, j'ai des besoins sexuels importants.

Il parlait d'un ton si froid… si dénué de passion… Si elle ne le regardait pas attentivement, elle pourrait croire que cette discussion était purement clinique. Mais l'éclat de ses yeux noirs indiquait que Balthazar n'était pas aussi indifférent qu'il voulait le laisser paraître.

— Es-tu prête à les assouvir ?

— Tu me demandes d'être ta maîtresse en plus de ta femme ? Je suis comblée, dit-elle d'une voix douce.

Sans la moindre pointe d'ironie. Pourquoi se montrait-elle conciliante alors que de son côté il arborait une mine de plus en plus sinistre ? Parce qu'il l'avait épousée ? Parce qu'elle aimait déjà profondément l'enfant qu'elle portait et que cela rejaillissait sur lui ? Elle n'en savait rien.

Une seule chose était sûre. Elle ne parvenait pas à le haïr comme elle le souhaiterait. Ce n'était pourtant pas faute d'avoir essayé.

— Si tu préfères que ce mariage reste chaste, je n'y vois pas d'inconvénient, déclara Balthazar d'un ton crispé. Je m'arrangerai.

— Un mariage libre.

Elle hocha la tête, comme si ce genre de discussion lui était familier. Comme si la déception ne lui serrait pas le cœur…

— Il paraît que, dans notre milieu, beaucoup de couples concluent ce genre d'arrangement.

— Un mariage libre est hors de question. Je ne partage pas ce qui m'appartient.

— Mais tu penses que, moi, je partage ?

— Je t'ai dit que tu avais le choix. Pas que ce choix te plairait.

Elle faillit lancer une boutade pour feindre la désinvolture, mais elle se ravisa. Cet éclat dans les yeux noirs… il était toujours là. Encore plus intense. Aurait-elle vu juste, finalement ? Le détachement souverain de Balthazar ne serait-il qu'une façade ?

Kendra reprit espoir. Elle n'avait pas beaucoup d'expérience en matière de sexe, mais quand cet homme lui avait demandé de se déshabiller, elle l'avait fait. Quand il l'avait touchée, il l'avait changée pour toujours. Quand il avait couché avec elle, sa vie avait été bouleversée.

D'ailleurs, tout de suite après elle avait changé de vie. Radicalement. Plusieurs mois avant de découvrir qu'elle était enceinte.

Peut-être était-ce le sexe en lui-même qui avait un tel pouvoir. Mais elle en doutait. Quand elle se réveillait en pleine nuit, rongée de désir, ce n'était pas le sexe en général qui lui manquait.

C'était le sexe avec Balthazar.

Et, s'il avait ce genre de pouvoir, il n'y avait pas de raison qu'elle ne l'ait pas elle aussi.

Galvanisée par cette révélation, Kendra sourit. Aussitôt, des étincelles jaillirent des yeux noirs. Des étincelles qui n'avaient rien à voir avec de la colère. Le sourire de Kendra s'élargit. Oui, elle avait du pouvoir. Et c'était exaltant.

— Pour faire ce choix, il me faudrait des informations plus complètes, déclara-t-elle. Une audition s'impose. N'est-ce pas ainsi qu'on procède ?

Elle dut faire appel à toute sa volonté pour ne pas éclater de rire. L'air abasourdi de Balthazar était impayable !

— Pardon ?

— Pas de fausse timidité, Balthazar.

Elle s'esclaffa. Cette fois, pas moyen de s'en empêcher...

— Ça ne convient pas à un jeune marié.

— Je ne te suis pas.

— Oh ! si. Tu me suis parfaitement. Tu fais juste semblant de ne pas comprendre.

Elle inclina la tête.

— Déshabille-toi, s'il te plaît.

10.

Il n'en était pas question.

Balthazar restait figé.

Les ordres, il les donnait. Il n'en recevait de personne.

Mais Kendra était assise en face de lui, plus rayonnante que jamais en robe blanche. Les joues en feu, le nez et les épaules parsemés de taches de rousseur, elle était la tentation incarnée. Il mourait d'envie de la savourer, comme un dessert d'une douceur encore plus exquise que les baklavas de Panagiota.

Kendra était le sucre et le feu. Et à présent elle était tout à lui. Sa femme.

Sa *femme*.

Il ne s'attendait pas à ce que ce mot, somme toute banal, le trouble à ce point. Mais c'était sûrement un effet de la cérémonie, des formules rituelles prononcées par le pope, de toutes ces traditions… ou bien de l'anneau qui brillait au doigt de Kendra. Il y avait des tas d'explications.

Ce qu'il ne comprenait pas, c'était pourquoi elle semblait embellir de minute en minute. En principe, la seule chose qu'il devrait avoir envie de savourer en ce moment même, c'était sa vengeance.

Il foudroya Kendra du regard mais elle resta souriante, visiblement convaincue qu'il allait faire ce qu'elle lui avait demandé. Qu'est-ce qui lui faisait croire qu'elle avait le moindre pouvoir ? Et lui, pourquoi prenait-il des gants avec elle ? Pourquoi n'avait-il pas tout simplement réclamé ce qui lui revenait de plein droit ? Elle…

— Qu'y a-t-il ? demanda-t-elle d'un ton léger. Ne me dis pas que le puissant Balthazar Skalas a peur de faire ici, sur son île privée, quelque chose que j'ai fait sans hésiter dans un immeuble de bureaux grouillant de monde ? C'est drôle. Je croyais que tu étais censé détenir le pouvoir.

— Tu crois vraiment que ça va marcher, ton petit jeu ?

Elle se contenta de sourire.

Le désir qui le rongeait devint explosif.

Il se leva d'un bond. Les yeux de Kendra s'écarquillèrent, à sa grande satisfaction. Pas si sûre d'elle… Contrairement à ce qu'elle voulait lui faire croire.

Il perdit les dernières bribes de sang-froid qui lui restaient. Avec des gestes fébriles, il se débarrassa du costume qu'il avait mis pour la cérémonie. Quelques secondes plus tard, il était nu devant elle. Le soleil l'enveloppa. La brise marine lui caressa la peau.

Mais le plus jouissif, c'était le visage de Kendra et ce qu'il exprimait.

Une stupeur mêlée de fascination.

Ses joues déjà rouges virèrent au pourpre. Le feu se propagea dans son cou puis envahit ses bras, accompagné de frissons.

Ce fut comme si le monde basculait. Et c'était grisant.

Parce que c'était lui qui était nu devant elle, mais il se sentait en position de force.

Il ne s'était jamais senti aussi puissant de sa vie.

Mais s'ils étaient là tous les deux, s'ils étaient mariés, n'était-ce pas parce qu'elle l'avait piégé ? Et, de toute façon, ne s'était-il pas juré depuis longtemps de se venger de son père et du reste de la famille ?

Les yeux de Kendra glissèrent vers son torse et l'esprit de Balthazar se vida. Il sentait son regard sur sa peau, sur chacun de ses muscles. Un regard de convoitise qui poursuivit lentement sa descente. Jusqu'à ce qu'il atteigne son sexe. Gonflé de désir. Prêt pour elle.

Impatient.

— Si c'est une véritable audition…

La voix étranglée, il dut faire une pause.

— … exiges-tu la démonstration complète ?

Lorsqu'elle releva les yeux pour plonger son regard dans le sien, les flammes qui y dansaient lui donnèrent envie de rugir. Comme le fauve qu'il avait toujours craint d'être.

Sauf qu'aujourd'hui, cela ne lui posait pas de problème. Parce qu'elle le détaillait comme si c'était précisément le fauve en lui qui l'intéressait.

Bon sang, elle le rendait fou.

— Bien sûr, répliqua-t-elle d'une voix rauque.

Mais toujours teintée de malice.

— Sinon comment pourrais-je prendre une décision en toute connaissance de cause ?

— Comment, en effet.

Il la rejoignit et la souleva de son siège. Sans une pensée pour ses plans de vengeance. Il s'était juré de la traiter par le mépris ? D'utiliser ce mariage pour prendre sa revanche sur son père ? Tout cela paraissait dérisoire à présent qu'il la tenait dans ses bras, avec cette robe qui s'enroulait autour d'eux à chacun de ses pas, enveloppante comme ce rêve qu'il semblait faire chaque fois qu'elle était près de lui.

Un rêve trompeur et qui pourtant le hantait.

Ce matin, il s'attendait à vivre la célébration du mariage à l'abri d'une cuirasse de haine et d'amertume.

Mais quand il avait vu Kendra arriver dans sa robe blanche, des fleurs à la main et le visage baigné de soleil, le rêve qui l'avait réveillé tant de fois au milieu de la nuit s'était imposé à lui en plein jour, si saisissant qu'il en avait eu le souffle coupé.

Constantine, debout à côté de lui devant l'autel, avait murmuré quelque chose et il avait cru comprendre « du calme ». Il l'avait ignoré. Que faire d'autre ? Reconnaître qu'il était loin d'être calme ? Impossible.

Tout en regardant Kendra se diriger lentement vers lui, il s'était torturé avec des fantasmes absurdes. Avec l'envie désespérée d'être le seul homme de sa vie. Jamais il n'avait éprouvé ce besoin. C'était la première femme qu'il ne supportait pas d'imaginer dans les bras d'un autre. Il ne pouvait s'empêcher de rêver qu'aucun autre avant lui ne l'avait touchée. Qu'ils pourraient former un véritable couple, uni au sein d'un mariage dénué de toute amertume.

Il savait pourtant que c'était impossible. La cérémonie de ce matin n'avait rien changé. Aucun miracle ne s'était accompli. Aucune bénédiction, aucun sacrement ne pouvait changer ce qu'ils étaient.

Et pourtant…

Il entra dans la villa et la porta jusqu'à sa suite privée, un espace largement ouvert sur la mer et le ciel comme le reste de la villa, avec des ouvertures en voûte. Un décor tout en bleu et blanc. Et, au milieu, sa femme avec sa chevelure flamboyante et ses yeux d'or.

Un trésor.

Il la déposa au pied du lit, en proie à un désir si intense qu'il avait du mal à respirer.

— Laisse-moi te dire comment je veux que se déroule l'audition, déclara-t-elle, toujours malicieuse.

Mais obligée de se tenir à lui pour ne pas vaciller sur ses jambes, constata-t-il avec une satisfaction intense. Et le souffle court, comme lui…

— Il se trouve que j'ai mon idée sur ce rôle, répliqua-t-il. Si je te montrais ? Tu me diras ce que tu en penses, d'accord ?

Sans lui laisser le temps de répondre, il s'empara de sa bouche. Il l'embrassa goulûment tout en libérant ses cheveux des épingles qui les retenaient en chignon. Cette fois, il n'avait pas l'intention de s'arrêter…

Pourquoi cette femme lui faisait-elle perdre la tête comme jamais aucune autre avant elle ? Il ne comprenait pas ce désir fou, ce rêve récurrent, ces *sentiments* qui le torturaient alors qu'il se croyait depuis longtemps incapable d'en éprouver.

C'était comme si quelque chose s'était cassé en lui. Et en même temps, quand il tenait Kendra dans ses bras, il avait l'impression très étrange de n'avoir jamais été aussi entier.

Mais pour l'instant il n'était pas en état d'analyser ça… Il fit pivoter Kendra dos à lui et lui enleva sa robe. Se penchant sur elle, il posa les lèvres sur sa nuque puis il traça un sillon de baisers le long de son épine dorsale. Après lui avoir ôté son soutien-gorge au passage, il promena les mains sur sa peau soyeuse, mais sans céder à la tentation de les refermer sur ses seins plus ronds et plus pleins qu'avant. Pas encore…

Glissant les doigts sous l'élastique de sa culotte, il la fit glisser sur ses hanches. Elle était entièrement nue devant lui. Enfin.

Agenouillé derrière elle, il la fit se retourner et huma le parfum enivrant de son désir. Sucre et feu… Il effleura son sexe du bout de la langue, et elle laissa échapper un gémissement étouffé qui accrut son avidité. Passant un bras autour de ses hanches, il cala une de ses cuisses sur son épaule pour pouvoir la déguster plus facilement.

Puis il perdit toute retenue. Elle était succulente, il était vorace. Elle creusa les reins en gémissant pour mieux s'offrir à sa bouche. Jamais il ne serait rassasié d'elle. Jamais…

Il redoubla d'ardeur. Elle s'abandonna aux spasmes qui la secouaient avec des sanglots hachés dans lesquels il crut distinguer son nom.

Tandis que des ondes de plaisir continuaient de la parcourir, il se redressa, la prit dans ses bras et se laissa tomber sur le lit avec elle. Peau contre peau, de la tête aux pieds. Enfin.

C'était comme s'il n'avait jamais connu de femmes avant elle. Comme s'il n'en connaîtrait plus jamais après elle. Comme si elle était l'origine et la fin de tout. Et il voulait ce tout, même si ça devait les tuer tous les deux.

Roulant sur le dos, il la hissa à califourchon sur lui et scruta son visage. Le souffle court, le regard égaré, elle semblait ivre. Alors qu'elle n'avait pas bu une seule goutte d'alcool.

Lui non plus, d'ailleurs… La tête lui tournait, mais c'était entièrement dû à la présence de Kendra.

Tandis qu'elle reprenait son souffle, il s'autorisa pour la première fois à regarder son ventre rond. Splendide dans sa nudité. Le cœur battant à tout rompre, il promena les mains dessus. Quand il entendit s'échapper de sa gorge une sorte de petit soupir étranglé, il s'exhorta à ne pas lever les yeux vers son visage. Ce fut plus fort que lui et leurs regards se rencontrèrent.

Pendant un instant, il oublia qui ils étaient.

Pendant un instant, il ne fut plus qu'un homme qui caressait le ventre rond d'une femme. Aussi conscient qu'elle que l'enfant qu'ils avaient fait était juste là, dans son ventre.

Quand elle posa les mains sur les siennes, il fut assailli par une émotion indicible. Seul le bruit de leur respiration troublait le silence. Plus rien n'existait que ce miracle sous leurs mains. Cette vie née de leur désir.

Kendra lui avait apporté la vie.

Qu'importait le reste ?

À cet instant, il lui pardonna tout. Ce qui comptait, c'était ce miracle. Eux deux, peau contre peau. Main dans la main pour soutenir cette vie qu'ils avaient créée.

Il y avait un *eux*.

Une famille.

Cette révélation provoqua chez Balthazar un séisme qui l'ébranla au plus profond de lui-même.

— J'ai besoin de toi, s'exclama-t-il d'une voix éraillée. Maintenant.

Alors qu'elle lui lançait un regard déconcerté, il la saisit par les hanches et la souleva pour la placer dans la position appropriée. Ce fut seulement à cet instant qu'elle parut comprendre ce qu'il attendait d'elle. Se penchant en avant, elle s'appuya sur son torse et tenta maladroitement de prendre son sexe en elle. Sans y parvenir.

— Nous avons dépassé ce stade, protesta-t-il en glissant la main entre eux pour lui faciliter la tâche. Ça y est, je t'ai épousée. Quel est l'intérêt de continuer cette comédie ?

— Quelle comédie ? demanda-t-elle d'une voix haletante en se tortillant gauchement.

Comme si c'était la première fois qu'elle se trouvait dans cette situation… Mais non, c'était impossible.

— Ce n'est plus la peine de faire semblant d'être inexpérimentée.

Elle pouffa.

— Je n'ai jamais fait semblant.

— Que veux-tu dire ?

L'air concentré, elle inspira comme pour prendre son élan, souleva le bassin, donna un coup de reins et l'accueillit au plus profond d'elle.

Enfin ! Les sensations qui assaillirent Balthazar furent si intenses qu'il faillit perdre le contrôle de lui-même. Seul un effort surhumain lui permit de résister. Il avait dû mal comprendre ce qu'elle avait dit. C'était sûrement le désir qui lui brouillait l'esprit.

— Pourquoi as-tu dit que tu n'avais jamais fait semblant, Kendra ? demanda-t-il en s'exhortant à attendre sa réponse avant de se laisser submerger par la passion.

— Oh.

Elle s'empourpra.

— Je croyais que tu avais compris. Dans ton bureau à New York, j'étais vierge.

Sur ces mots, elle commença à le chevaucher.

11.

Son corps s'était transformé. Kendra se sentait souvent mal à l'aise dans ses vêtements, et par moments elle n'arrivait plus à bouger comme avant. Elle découvrait de nouvelles douleurs dans des parties surprenantes de son corps, mais ça…

C'était comme la première fois.

Non, c'était mieux.

Balthazar était de nouveau en elle. Enfin ! Et cette fois elle était pleinement consciente de toutes les sensations.

Cette fois elle n'avait pas mal du tout. Plus elle bougeait, plus c'était agréable.

À présent Balthazar prenait le contrôle et c'était encore mieux…

Il marmonna quelque chose qu'elle ne comprit pas, quelques mots en grec. Puis il l'attira plus près de lui pour pouvoir aspirer la pointe d'un sein entre ses lèvres.

Aussitôt, avec une facilité et une rapidité incroyables, elle fut de nouveau balayée par la jouissance. Mais il ne s'arrêta pas. Il continua à aller et venir en elle tout en suçant et mordillant tour à tour les deux bourgeons hérissés. Et les explosions de plaisir se succédaient. Encore et encore et encore… Au début, elle les compta. Puis elle perdit le fil. Il y en avait trop. Trop puissantes. Trop rapprochées.

Balthazar la fit basculer sur le dos et l'emporta dans un tourbillon encore plus vertigineux. L'enveloppant d'un regard ardent, il murmurait des mots de grec qu'elle ne comprenait pas mais qui décuplaient son excitation. Et quand elle fut réduite en miettes par une nouvelle déflagration, encore plus violente que les précédentes, il vola en éclats avec elle.

Ils devaient être morts. Comment expliquer autrement l'état d'apesanteur de leurs deux corps enchevêtrés ? Et cette douce béatitude dans laquelle elle était plongée ?

Balthazar se détacha de Kendra et roula sur le dos, crevant la bulle d'euphorie dans laquelle elle flottait. Lorsqu'il s'assit au bord du lit, le dos tourné, elle fut étreinte par une angoisse insurmontable.

— Il faut que tu t'expliques, intima-t-il d'une voix tendue. Maintenant.

Recevoir un seau d'eau glacée dans la figure devait faire à peu près le même effet… Se soulevant sur un coude, elle contempla le dos de Balthazar. Si seulement elle trouvait le courage de le caresser… Mais sa main semblait paralysée. Cet homme qu'elle avait épousé, cet homme dont elle était enceinte et avec qui elle venait de vivre des moments exceptionnels, elle n'osait pas le toucher.

Oui, mais ils étaient mariés. Il avait pris beaucoup d'engagements envers elle devant cet autel perché sur la falaise. Mais il ne lui avait pas dit que ce serait facile.

— Que faut-il que j'explique ?

— Tu es venue à mon bureau pour négocier la clémence pour ton frère contre ton corps. Et tu t'es déshabillée aussitôt. Il est impossible que tu aies été vierge ce soir-là. Impossible.

— Si tu le dis…

Il se retourna.

— Tu avais déjà tenté la même manœuvre, trois ans plus tôt, dans la gloriette.

— Dans la gloriette ?

Kendra était au comble de la perplexité. Comment pouvait-il avoir une mine aussi sombre alors que de son côté elle ne pensait qu'à recommencer ce qu'ils venaient de faire ?

— J'ignorais que tu étais dans la gloriette. Je voulais faire une pause au milieu d'une des réceptions mortellement ennuyeuses de mes parents. Quand je suis arrivée, tu étais là, et tu m'as embrassée, et je ne savais pas quoi faire.

— Non. *Non.* C'est impossible.

Elle laissa échapper un petit rire incrédule.

— Tu préférerais que je sois la traînée pour laquelle tu m'as toujours prise ?

La réponse qu'elle lut sur le visage de Balthazar la consterna. Oui, de toute évidence, il préférerait… Tout à coup elle se sentit vulnérable. Laide. Elle se redressa et chercha du regard quelque chose pour se couvrir. Il n'y avait que sa robe de mariée, roulée en boule au pied du lit. Elle la prit et la tint contre elle comme un bouclier.

— Je croyais que c'était ce que tu pensais de toutes les femmes, reprit-elle alors que le silence se prolongeait. Mais en réalité, je suis la seule dont tu penses ça, n'est-ce pas ?

— Pourquoi ton père ou ton frère m'auraient-ils envoyé une vierge ? Ne savent-ils pas…

Il s'interrompit. Elle serra plus étroitement la robe contre elle.

— Et bien sûr, une traînée mérite d'être déshabillée et humiliée.

Beaucoup de choses s'éclairaient, tout à coup. Sa fureur. Sa froideur.

— Envoyée en mission par sa famille abjecte, elle ne mérite pas la moindre considération. Elle a juste droit à un coup rapide sur le bureau et à des insultes. Mais il y a une chose que je ne comprends pas. Si c'est ce que tu penses de moi, pourquoi ne t'es-tu pas enveloppé de latex de la tête aux pieds pour éviter la situation dans laquelle nous nous trouvons ? Sans parler des autres sortes de risques.

— J'ai perdu la tête. Je ne comprenais pas pourquoi j'avais tendance à imaginer que tu étais innocente, alors que tout indiquait le contraire. À présent, je comprends.

— Et quel est le problème ? Es-tu furieux que je ne couche pas avec n'importe qui comme tu le pensais ? Es-tu furieux que je ne t'aie pas détrompé ? Tu sais aussi bien que moi que tu ne m'aurais pas crue. Mais le problème, c'est peut-être plutôt l'idée que, si je ne suis pas qui tu croyais… tu ne l'es pas toi non plus ?

— C'est ça le véritable objectif, Kendra ? Me déstabiliser en semant la confusion dans mon esprit ? Me rendre fou en me poussant à douter de tout y compris de moi-même ? Qu'est-ce que ton père espère gagner en jouant à ce jeu ?

— Mon père ? Qu'est-ce que mon père vient faire là ?

— N'est-ce pas lui qui t'a envoyée à moi, au départ ?

— Il ne m'a pas dit d'aller dans la gloriette. Seulement à New York. En revanche, il n'a pas cherché un seul instant à savoir si j'étais encore vierge ou non.

Elle frissonna. L'idée de discuter de sa virginité avec son père la révulsait.

Balthazar parut sur le point de tendre la main vers elle, mais au lieu de ça il se leva et traversa la chambre. Il s'immobilisa sous une des voûtes qui ouvraient sur une terrasse, et contempla la mer.

— Tu aurais dû me prévenir, dit-il après un silence interminable.

— À quoi cela aurait-il servi ?

Pour toute réponse, il poussa un soupir exaspéré. Le cœur lourd, elle s'enveloppa dans la robe comme dans une couverture de survie. Elle se revit quelques heures plus tôt, marchant vers lui le cœur battant sur la falaise, vêtue de cette même robe.

— Balthazar, si nous concluions un marché d'un autre genre ?

Il crispa le poing, mais resta silencieux. Elle décida de prendre ça pour un encouragement. Après tout, il aurait pu la descendre en flammes… Posant la main sur son ventre, elle pensa à son père, à son frère, à sa mère et à la vie qu'ils avaient choisie. Puis elle songea à sa grand-tante Rosemary, qui avait fui cette vie pour choisir celle qui lui plaisait.

« Nous pouvons construire notre vie comme nous l'entendons », avait écrit sa grand-tante d'une belle écriture cursive sur la première page d'un des journaux qu'elle lui avait laissés.

— Si nous éliminions tout le monde de l'équation ? Si nous ne pensions qu'à toi et moi, et notre enfant ? Tu vas devenir père, Balthazar. Je vais devenir mère. Nous allons devenir les parents de ce bébé, ce qui veut dire que nous serons tout pour lui.

D'où sortaient les mots ? Elle n'en savait rien. Ils coulaient d'eux-mêmes comme une évidence. Elle pensa aux mains de Balthazar sur son ventre. Il l'avait caressé avec une telle douceur… Elle avait eu le sentiment d'être une déesse de la fertilité. Plus belle qu'elle ne l'avait jamais été. Elle inspira profondément.

— Si nous décidions, toi et moi, de former une famille ?

Il se tourna vers elle, mais il ne s'approcha pas. Sous le regard morne de Balthazar, elle réprima un frisson.

— Une famille comme la tienne ? lança-t-il d'un ton vaguement menaçant. Une mère sous tranquillisants. Un père corrompu prêt à prostituer sa fille encore vierge pour protéger son fils des conséquences de ses crimes. Un homme qui ne respecte rien et qui ne fait que ce qui lui plaît. Charmante perspective.

Il fallait reconnaître qu'elle avait elle-même un certain

nombre de griefs contre sa famille. Mais elle n'appréciait pas pour autant que Balthazar se permette de la critiquer.

— Toutes les familles sont compliquées. La tienne comme les autres. Tu me l'as dit toi-même.

Il se dirigea vers elle, la mine si lugubre qu'elle en eut la chair de poule.

— Veux-tu savoir pourquoi ma famille est aussi compliquée ?

Elle déglutit péniblement. À vrai dire, à cet instant, non. Elle n'en avait pas très envie.

— Quand ma mère est rentrée de son séjour en clinique, elle a essayé de réparer ses torts. Avec mon frère et moi, elle n'a pas eu de problèmes. Nous l'aimions. Avec mon père, en revanche, elle a eu beaucoup moins de succès.

— La pauvre…

— Mon père la haïssait à cause de sa vulnérabilité. C'était injuste, mais c'était comme ça. Au bout de quelque temps, je la haïssais moi aussi.

Elle laissa échapper une exclamation étranglée.

— Il m'a façonné à son image en me rouant de coups. Constantine avait la liberté de se rebeller de temps en temps. Moi, jamais. Il était naturel pour moi de considérer tout ce que mon père disait comme parole d'évangile. Ma mère était trop faible pour mériter sa loyauté. Il le pensait, donc je le pensais aussi. Je le croyais même sincèrement.

— Les croyances n'ont souvent rien à voir avec les faits, Balthazar. Elles sont nichées dans l'esprit et dans le cœur. On peut en changer. Il suffit de le vouloir.

— Si seulement c'était aussi simple.

— Qu'est-ce qui est simple dans la vie ? Tu crois que j'avais envie de devenir enceinte d'un homme qui ne cachait pas qu'il me haïssait ?

— Oui. Jusqu'à aujourd'hui, c'est exactement ce que je pensais.

Horrifiée, elle faillit fondre en larmes. *Pas question*, se dit-elle aussitôt. Il fallait à tout prix qu'elle se ressaisisse. Elle se leva et enfila sa robe.

— Tu croyais vraiment que je m'étais arrangée pour être enceinte ?

— Mon père croyait aux conséquences. Quand j'étais petit, il me battait lui-même. Quand je suis devenu plus grand et plus fort, il a eu recours à d'autres moyens pour me punir. Parfois c'était mon frère qui recevait les corrections à ma place. D'autres fois c'était à ma mère qu'il s'en prenait. Il me disait qu'avec le temps, je finirais par devenir indifférent à leur sort à l'un et à l'autre. Il avait raison.

— C'était visiblement un homme horrible. Qu'a-t-il à voir avec nous ? Ou avec notre bébé ?

— L'objectif de l'éducation qu'il m'a donnée, c'était que je fasse passer l'entreprise avant tout le reste, comme lui, poursuivit Balthazar, comme s'il n'avait pas d'autre choix que de poursuivre ses confidences.

Comme si elles lui étaient arrachées malgré lui.

— Je trouvais normal qu'il ait des maîtresses. C'était lui qui consacrait toute son énergie à la construction de l'empire Skalas. Il méritait bien des compensations. Que faisait ma mère de son côté, à part traîner dans la maison, hagarde et pathétique ?

Kendra déglutit péniblement. La voix de Balthazar était dure et les mots claquaient comme des coups de feu. Mais, de toute évidence, c'était lui-même qu'il visait.

— Un des amis de mon père a commencé à passer du temps avec la famille. De plus en plus de temps. Il flattait mon père. Il s'intéressait à Constantine et à moi. Et il a entamé une liaison avec ma mère. Sous le nez de mon père.

— Mais puisque ton père avait lui-même des maîtresses ?

Balthazar haussa les épaules.

— Il ne réagissait pas de manière rationnelle quand on

touchait à quelque chose ou à quelqu'un qu'il considérait comme sa propriété. Quand il a découvert leur liaison, il a organisé une confrontation pour les obliger à avouer, et il nous a forcés à y assister, Constantine et moi. Parce que c'était un événement qui affectait la famille, selon son argument. J'avais seize ans.

— Oh ! Balthazar…

— Ma mère a exprimé des regrets, mais en précisant qu'ils étaient amoureux. Qu'il était attentionné avec elle, ce qui n'avait jamais été le cas de mon père. Elle a ajouté qu'elle était prête à signer tout ce qu'il voulait du moment qu'il la laissait partir.

Balthazar fit une pause avant de poursuivre sur le même ton.

— Mais l'homme s'est mis à rire. Il s'est moqué d'elle, puis il a dit à mon père qu'il avait juste voulu lui rendre la monnaie de sa pièce pour un différend qu'ils avaient eu à propos d'un contrat. Il est parti en laissant ma mère en larmes par terre.

— Tu n'aurais jamais dû assister à cette scène. Ton père aurait dû te protéger.

— Sa priorité, c'était de jeter ma mère dehors. Et après avoir quitté la maison, elle a sombré.

Balthazar passa la main devant son visage. Kendra crut la voir trembler.

— Tu n'es pas obligé de me raconter la suite, dit-elle en fouillant dans sa mémoire.

Qu'était devenue sa mère ? Elle se souvenait vaguement d'une histoire dramatique…

— Je tiens à continuer, au contraire, répliqua-t-il en avançant lentement vers elle. Ma mère est tombée dans une spirale d'aventures sordides avec des hommes qui profitaient d'elle. Elle s'est mise à boire. Puis elle est passée à la drogue. Une nuit, elle est entrée dans le coma à la suite d'une overdose. Elle y est toujours, en train de mourir à petit feu, prise au piège de son désespoir.

L'estomac de Kendra se noua. Son pouls s'accéléra. Balthazar continuait d'approcher. Elle avait envie de prendre ses jambes à son cou, mais elle avait encore plus envie de rester. Comme si elle avait quelque chose à prouver.

— Mon frère et moi, nous avons fait le serment de nous venger de l'homme qui a provoqué sa perte.

La voix funèbre de Balthazar était glaçante. Si elle ne le connaissait pas comme elle le connaissait, elle pourrait presque imaginer qu'elle était teintée de culpabilité…

— Quel que soit le temps que ça prendra. Et quoi qu'il en coûte.

— Tu fais allusion à ton père ?

Il eut un pâle sourire.

— Mon père n'a pas arrangé les choses, c'est vrai. Mais ce n'est pas lui qui a poussé ma mère dans le précipice. Ce n'est pas lui qui s'est servi d'elle avant de la rejeter sans pitié en se moquant d'elle.

— Tu as dit que ton père était dur avec elle.

— Oui, il était dur. Mais si elle n'avait jamais rencontré cet ami à lui, elle aurait survécu comme nous.

— Je comprends que tu le haïsses, dit-elle d'une voix douce.

Des étincelles jaillirent des yeux noirs. Balthazar s'immobilisa à quelques mètres d'elle.

— Je suis heureux de te l'entendre dire, Kendra. Parce que l'homme en question, c'est ton père.

Ce fut comme si le monde basculait. Ou comme si elle avait glissé de la terre pour tomber dans l'espace intersidéral. Elle regarda Balthazar, convaincue que son cœur s'était arrêté. Convaincue qu'elle l'avait mal entendu.

— Ton père a précipité ma mère dans la déchéance qui est la sienne aujourd'hui. Sans la moindre pitié.

— Mais… Mais tu…

— Pas étonnant qu'il t'ait envoyée à moi. Pour lui, tu étais une arme avec laquelle il comptait frapper ma famille une fois de plus.

— Pendant tout ce temps, tu…

Elle crut que ses jambes allaient la lâcher, mais elles tinrent bon.

— Tu as l'intention de te servir de moi pour te venger de lui, c'est ça ?

— Il m'est arrivé de rêver que tu étais innocente, Kendra. Il m'est arrivé d'imaginer quel cours pourraient prendre les choses si c'était vrai. Mais ce n'est qu'un rêve. Et tu comprendras qu'étant donné ce que ton père a infligé à ma mère, je ne peux pas renoncer à me venger.

— Balthazar…

— Je regrette, Kendra.

Il quitta la pièce, la laissant pétrifiée dans sa robe de mariée, la peau imprégnée de son odeur comme une malédiction, le visage inondé de larmes trop longtemps contenues.

Seule.

12.

Il allait quitter l'île.

Balthazar sortit de la chambre comme un ouragan et saisit les premiers vêtements qui lui tombaient sous la main dans le dressing. Le mieux, c'était d'aller à Athènes. Pour y faire ce qu'il faisait depuis toujours. Se perdre dans le travail. Les affaires. Tout ce qui faisait de lui ce qu'il était. Ce qu'il voulait rester.

Les choses essentielles.

Et, à propos d'essentiel, il valait peut-être encore mieux retourner à New York. Il gagna à grands pas le bureau installé dans la villa. Tous ses appareils étaient en pleine charge et prêts à l'emploi, mais il ne prit pas son mobile. Il ne téléphona pas pour donner l'ordre de préparer l'hélicoptère.

Il resta immobile, fixant le bureau devant lui sans le voir. Sans rien voir.

À part les choix qui l'avaient conduit jusque-là.

Et, se superposant à tout le reste, le visage de Kendra. Son beau visage et ses yeux d'or inondés de larmes.

Des larmes qu'il avait déclenchées.

Il la revoyait serrant cette robe contre elle comme un bouclier, le dévisageant d'un air horrifié. Comme s'il était une bête sauvage. Un monstre sans âme, comme on le lui avait souvent dit.

Comme s'il avait fini par devenir son père.

Le clone parfait de son père.

Balthazar s'écarta du bureau d'un mouvement vif, comme s'il fuyait cette réalité. Alors qu'il devrait s'en réjouir, au contraire. Il devrait être ravi d'avoir enfin atteint ce qui était depuis si longtemps l'objectif de toute son existence.

Demetrius Skalas s'était toujours targué de sa capacité à se concentrer sur l'essentiel sans jamais rien laisser le freiner dans ses ambitions. Surtout pas des phénomènes aussi triviaux que les émotions ou les sentiments. Il se vantait d'avoir éradiqué la faiblesse. Il avait atteint l'insensibilité absolue et il en était très fier. Son seul moteur, c'était l'intérêt de son entreprise. Même le défilé incessant de femmes superbes qu'il exhibait à son bras sans égard pour son épouse méprisée avait une utilité bien précise. C'était un moyen de susciter l'admiration des grands patrons qu'il considérait comme ses pairs. Et qui tous sans exception préféraient faire des affaires avec des hommes qu'ils admiraient.

Demetrius n'avait pas hésité à employer la manière forte pour inculquer ses valeurs à son fils dès son plus jeune âge. Avec une efficacité remarquable. En grandissant, Balthazar avait eu à cœur de marcher dans les pas de son père et de se prémunir par tous les moyens contre la faiblesse, cette grande ennemie de l'homme d'affaires prospère.

Comme Demetrius, il se consacrait avant tout au développement de l'empire Skalas. Ce qui ne l'empêchait pas de poursuivre en parallèle un autre objectif. La chute de Thomas Connolly et de son incapable de fils.

Jusqu'à ce que l'arrivée de Kendra vienne tout bouleverser.

Balthazar se retrouva dehors. Le soleil couchant sublimait la beauté de l'île, mais il ne la voyait pas. Son esprit était tout entier tourné vers le passé et cette vengeance qu'il ruminait depuis des années. Selon la tradition qui voulait que ce plat se mange froid, il s'était dit depuis le début que, quoi qu'il arrive, le temps jouerait toujours en sa faveur. Quand il avait constaté que le fils Connolly le volait, il avait décidé de patienter encore, partant du principe que laisser pourrir la situation finirait par pousser Tommy à se passer lui-même la corde au cou. Après la rencontre avec Kendra dans son bureau de New York, il avait encore retardé le moment de frapper, le temps de vérifier si elle était enceinte et de modifier le scénario de sa vengeance en conséquence. Il avait été prêt à assumer son éventuelle paternité et à se résoudre au mariage pour assurer la légitimité de l'enfant.

Ce qu'il n'avait pas prévu, c'était qu'un tourbillon d'émotions étranges et contradictoires viendrait tout compliquer. Au départ il s'était félicité de ne rien éprouver d'autre pour Kendra que du désir. Certes obsessionnel, mais pas plus inquiétant que ça. Quoi de plus facile à gérer qu'une relation purement sexuelle ?

Ce qu'il n'avait pas mesuré – et qu'il n'avait d'ailleurs même pas soupçonné –, c'était l'impact émotionnel de la grossesse de Kendra. Comment aurait-il pu imaginer une émotion aussi intense que celle qu'il avait ressentie quand ils avaient joint leurs mains sur son ventre ? Rien n'aurait pu le préparer à ça.

Balthazar marcha jusqu'au bord de la falaise et s'immobilisa face au soleil, qui semblait faire une pause dans sa descente vers l'horizon. La mer Égée déployait toutes les nuances de son habit de lumière, du vermillon au jaune vif, mais il ne lui accordait pas la moindre attention. Il ne voyait que la chevelure flamboyante de Kendra et ses yeux aux reflets d'or. Comme si elle était là devant lui, en train de le regarder.

De l'attendre.

« Si nous décidions, toi et moi, de former une famille ? »

Quand elle lui avait dit ça, il avait vu l'espoir dans ses

yeux. Comment se défendre contre l'espoir ? Il n'en savait rien. Il avait envie de rejeter cet espoir, comme il l'avait rejetée, elle. Il voudrait déjà être loin d'ici, en route pour la seule vie qu'il connaissait.

Mais il était incapable de partir.

Parce que l'espoir de Kendra était contagieux.

Et ne rejoignait-il pas les rêves qu'il avait si souvent faits lui-même ? Des rêves dans lesquels elle jouait le premier rôle. Des rêves érotiques, certes, mais aussi des rêves d'innocence. Pas parce qu'il attachait une importance particulière à la virginité. Mais parce que l'innocence semblait le plus court chemin vers une vie différente. Cette innocence qu'il avait toujours soupçonnée en elle, alors même que tout semblait indiquer qu'elle en était totalement dépourvue.

Balthazar baissa les yeux sur ses mains. Il sentait encore le ventre de Kendra sous ses paumes. Sa chaleur, sa douceur, cette vie qui palpitait à l'intérieur… Envahi par une émotion plus apaisante que perturbante, Balthazar se posa enfin la question qu'il refoulait depuis l'instant où il avait pris conscience qu'il avait couché avec Kendra Connolly sans préservatif.

Voulait-il vraiment faire subir à son enfant ce que son père lui avait infligé ? Ses mains, qu'il avait posées avec émerveillement sur le ventre de Kendra, voulait-il qu'un jour elles s'abattent sur son enfant pour le rouer de coups ? Pour le dresser à devenir un être insensible comme il l'était devenu lui-même ? Parce qu'il était bel et bien devenu comme son père. Froid. Égoïste. Un monstre doublé d'un robot. Dont la seule ambition était d'assurer la croissance sans fin de son entreprise. Alors qu'elle lui avait déjà rapporté plus d'argent qu'il ne pourrait jamais en dépenser, même s'il vivait dix vies successives.

Quelle existence absurde… Vide. Stérile.

Dire que c'était dans cet univers en noir et blanc qu'il avait vécu jusqu'à ce que Kendra y fasse irruption pour l'inonder de lumière et de couleur… Dire qu'après avoir eu confirmation de la grossesse, il avait imaginé, pour se venger, élever l'enfant en le dressant contre sa mère. Comme il l'avait été lui-même… Comment avait-il pu avoir une idée aussi ignoble ?

Le cœur de Balthazar se serra et il mit un instant à identifier l'émotion qui le submergeait. Un chagrin immense au souvenir de cette mère qu'il avait perdue quand il était petit, puis qu'il avait rejetée quand elle était revenue. Parce qu'il avait voulu faire plaisir à son père. Quand il avait fini par reconnaître l'injustice dont sa mère avait été victime et qu'il avait été accablé de remords pour y avoir pris part, il était trop tard pour elle. Aucune vengeance exécutée en son nom ne réparerait jamais les torts qu'elle avait subis. Rien ne pourrait jamais changer le fait qu'il l'avait rejetée.

Sans Kendra et ce bébé qu'il n'aurait jamais eu l'idée de désirer quelques mois plus tôt, il n'aurait peut-être jamais pris conscience de ses torts envers sa mère ni de ce qu'il avait perdu lui-même en la repoussant. La peine immense mêlée de culpabilité qu'il avait refoulée toute sa vie submergea Balthazar. Il s'y abandonna. Que faire d'autre ?

Un long moment plus tard, quand la tempête du deuil et des regrets finit par s'apaiser, il se sentit à la fois moulu et régénéré. Débarrassé de tous ses doutes. Prêt à changer de vie. Déterminé à construire cette famille – leur famille – avec Kendra.

À condition qu'elle veuille toujours de lui à présent qu'elle savait la vérité sur leurs deux familles…

Il se retourna et constata avec surprise qu'il se trouvait à proximité de l'autel devant lequel ils s'étaient mariés ce même jour. La nuit était tombée et les ruines de l'ancienne chapelle se détachaient sur le ciel étoilé. Il distingua un mouvement et crut d'abord à une apparition.

À moins que ce soit son rêve qui le poursuivait ?

Non, c'était elle. C'était Kendra.

Il sentit son cœur faire un petit bond dans sa poitrine.

Elle portait de nouveau sa robe de mariée, dont le tissu fluide ondulait autour d'elle à chacun de ses mouvements, prenant des reflets argentés à la lueur des étoiles. Sa chevelure ébouriffée formait un halo de feu autour de son visage. Des traces de larmes étaient visibles sur ses joues mais elle ne pleurait plus. Elle avait même un air résolu.

Sa petite guerrière qui ne renonçait jamais à se battre, quoi qu'il arrive... Il eut une vision d'elle dans la salle d'attente de son bureau new-yorkais et son cœur fit un nouveau bond dans sa poitrine. Debout devant la baie vitrée, elle contemplait Manhattan, et il avait eu le temps de l'observer avant qu'elle prenne conscience de sa présence. Il avait été frappé par le mélange de douceur et d'éclat de son visage en forme de cœur. Fasciné malgré lui, il avait attendu plus longtemps que nécessaire avant de signaler sa présence. Chose qu'il n'aurait jamais voulu reconnaître à l'époque. Il avait d'ailleurs éprouvé le besoin de se mentir à lui-même en se disant qu'elle le laissait de marbre.

Elle s'immobilisa devant lui.

— J'étais convaincue que tu étais déjà dans l'avion pour New York.

— C'était mon intention.

— Et pourtant tu es ici.

— Oui.

Elle chercha son regard et il chercha les mots. Pour lui expliquer ce qui venait de se passer en lui, ce qu'elle avait provoqué en lui. Il ne les trouva pas. Alors il dit d'un ton qu'il espérait léger :

— Tu devrais me fuir, petite fille. Partir en criant dans la direction opposée.

— À quoi bon ? demanda-t-elle en esquissant un sourire. Cette île est toute petite et je n'ai pas envie de me noyer en me jetant à l'eau.

Elle s'approcha encore et posa les mains sur son torse. Surpris et bouleversé, il referma aussitôt les siennes dessus.

— J'ai envie d'être indignée mais je ne le suis pas, déclara-t-elle d'un ton presque solennel. J'ai envie de défendre mon père, mais je ne le peux pas. J'ai cherché des excuses mais je n'en ai trouvé aucune. Le fond du problème, c'est que je ne suis pas surprise de ce qu'il a fait à ta mère. Et à toi. Déçue, peut-être. Mais pas surprise, malheureusement.

— Ne me pardonne pas mon attitude, Kendra. Pas aussi facilement. Tu n'as pas la moindre idée de la noirceur qui est en moi.

— Mais si, je la connais, Balthazar. Je connais ta fureur, ta soif de vengeance. Et je t'assure que rien ne peut me pousser à te fuir.

— Je ne sais rien faire d'autre qu'ourdir ma vengeance. Tu mérites mieux qu'un homme brisé.

— C'est toi que je mérite. Parce que tu me hantes depuis l'instant où je t'ai vu dans cette gloriette. Mon père et mon frère avaient leurs raisons de m'envoyer à ton bureau de New York, mais je n'y suis pas allée par obligation. J'y suis allée parce que j'en avais envie. J'avais envie de te voir. Et, que ce soit bien clair, j'ai eu envie de me déshabiller pour toi. J'ai eu envie de tout ce qui s'est passé entre nous. Si ça n'avait pas été le cas, j'aurais pu m'en aller à n'importe quel moment.

— Je t'ai kidnappée, Kendra. Tu ne peux pas balayer ça d'un revers de main.

— En dépit des apparences, je ne suis pas la jeune vierge

offerte en sacrifice au dragon du village, plaisanta-t-elle. J'aurais pu te fausser compagnie quand nous sommes allés voir ton médecin à Athènes.

— Kendra… Je ne peux pas… J'ai envie de te promettre que je vais changer, mais je peux juste espérer que j'en suis capable. J'ai envie de te promettre d'apprendre à devenir un homme capable d'aimer. J'ai accompli des tas de choses dans ma vie, mais je n'ai jamais aimé… Je…

Il n'était pas certain de pouvoir continuer. Mais les yeux de Kendra brillaient de nouveau. Noyés de larmes d'émotion.

— Tu as envie d'aimer, Balthazar ? Tu as envie de m'aimer ?

— Oui.

Il n'avait pas eu la moindre hésitation. Pas le moindre doute.

— Oui, répéta-t-il d'une voix ferme.

Elle sourit et ce fut comme si le jour se levait en pleine nuit.

— Alors ne t'inquiète pas. Concentre-toi sur ce pour quoi tu es doué.

Il porta les mains de Kendra à ses lèvres et les embrassa.

— Si tu fais allusion à la passion, ça ne devrait pas poser de problèmes.

Le sourire de Kendra s'élargit.

— Je te crois. Je n'ai même aucun doute à ce sujet. Mais ce n'est pas de ça que je parlais. Non, Balthazar. Je parlais de la vengeance.

— J'y renonce.

— Non, surtout pas.

Elle s'approcha encore et il sentit son ventre rond contre le sien. Il resserra les doigts autour de ses mains. Sous les étoiles, à côté de l'autel devant lequel ils s'étaient mariés.

— Je veux que tu te venges, Balthazar, insista-t-elle

d'un ton solennel. De la plus belle façon qui soit. Je veux que tu me laisses t'aimer et que tu m'aimes en retour. Je veux que nous élevions notre enfant dans la joie.

— Dans la joie, répéta-t-il comme on prête serment.

— Pour qu'il ait une enfance plus épanouie que les nôtres. Je veux que notre vie soit radieuse et triomphante.

— Alors c'est ainsi que nous vivrons.

— Ce sera la vengeance ultime, dit-elle en se laissant aller contre lui. Une vie bien vécue, ensemble.

Quand il la souleva de terre, les étoiles se firent encore plus scintillantes. Comme pour leur donner leur bénédiction.

Leurs véritables consentements venaient d'être échangés.

Et leur vie réelle commençait.

13.

La vengeance était douce, songea Kendra dix ans plus tard.

Elle était installée dans son canapé favori, dans la maison de sa grand-tante Rosemary, en France. Dehors l'été était radieux, ce qui lui rappelait les premiers mois qu'elle avait passés dans cet endroit. Elle sourit. Enceinte sans le savoir et à la recherche d'une nouvelle voie.

Sans se douter que sa vie allait bientôt être bouleversée.

Un bruit de voix joyeuses lui parvint de l'extérieur et le sourire de Kendra s'élargit. Chacune de ces voix était une chanson différente dans son cœur. Irene, à la fois sérieuse et délicieusement excentrique, qui avait fait d'elle une mère et avec qui elle riait tous les jours. Le miracle de son arrivée remontait presque à dix ans, mais son souvenir restait gravé dans sa mémoire comme la naissance datait d'hier. En regardant Balthazar tenant dans ses mains leur fille minuscule, elle avait été submergée par une émotion presque trop intense.

— Si nous devons avoir une famille, autant faire bien les choses, avait-il déclaré quelques jours plus tard.

— C'est une proclamation ? avait-elle demandé en roulant les yeux.

Il s'était contenté de sourire.

Baz était né l'année suivante. Kendra sourit en l'entendant crier dehors. Toujours prêt à s'exprimer haut et fort.

Elle se leva et ouvrit la porte pour voir sa famille qui venait vers elle à travers champs. Les deux plus âgés en se chamaillant, comme à leur habitude. Et, derrière eux, l'homme le plus beau du monde, qui portait les deux plus jeunes. Un dans chaque bras. Kassandra, cinq ans, têtue comme une mule et moue rebelle. Et le petit dernier, le bébé épanoui et rieur, Thaddeus, qui à dix-huit mois faisait ce qu'il voulait des trois autres – et du monde entier.

Le petit groupe pourrait être un tableau, songea-t-elle. Se promenant dans des champs parsemés de lavande et de tournesols, avec les Alpes dans le lointain.

Mais c'était la vie que Balthazar et elle avaient construite et elle valait tous les tableaux du monde. Elle était compliquée. Parfois douloureuse. Et surtout, c'était la leur.

Ils avaient appris ensemble à s'aimer. Lentement mais sûrement.

Après leur mariage, ils étaient restés sur l'île jusqu'à la fin de la grossesse parce qu'ils n'avaient envie ni l'un ni l'autre de partager leur bonheur naissant avec le monde.

Le monde pouvait attendre. Et il avait attendu.

Après la naissance d'Irene, il avait fallu se résoudre à refaire une place au monde.

Ça n'avait pas toujours été facile.

Kendra n'avait revu qu'une fois son père et son frère.

Balthazar et elle étaient retournés dans le Connecticut, où tout avait commencé. Il y avait eu une conversation déplaisante, après laquelle Kendra s'était lavé les mains de l'un et de l'autre.

Balthazar avait porté plainte contre Tommy. Son père n'avait pas été ruiné financièrement, mais en raison du scandale il était devenu *persona non grata* dans tous les cercles qui comptaient pour lui.

Kendra avait accompagné Balthazar à l'établissement médical où se trouvait sa mère et elle était restée avec lui pendant qu'il annonçait à celle-ci que c'était fait. Enfin, c'était fait. Et elle était persuadée que, si elle avait été en état de le faire, sa mère aurait pardonné à Balthazar.

La véritable surprise, c'était Emily Cabot Connolly qui la leur avait réservée. Un beau jour, elle avait arrêté le Valium, pris rendez-vous avec ses avocats et demandé le divorce. En vertu du jugement elle avait récupéré, entre autres, la propriété du Connecticut, qui lui venait de sa famille.

Elle avait aussitôt invité sa fille et ses petits-enfants à venir la voir. Kendra était heureuse que sa mère et elle se soient rapprochées au cours des dix dernières années. Elles ne se comprenaient pas toujours, mais elles faisaient des efforts.

Ce qui était le secret de la vie. Rien n'était jamais acquis, et chaque relation se construisait jour après jour, année après année, songea Kendra sur le seuil de sa maison, en regardant approcher l'homme de sa vie et les quatre enfants qu'ils aimaient l'un et l'autre au-delà des mots. Balthazar lui sourit. Parce que l'homme froid à la mine sombre qu'elle avait connu autrefois avait disparu. Le nouveau Balthazar souriait. Il riait même souvent. Il était toujours impitoyable en affaires, mais avant tout il était heureux.

Ils étaient heureux.

Au fil des ans, ils avaient agrandi la maison en même temps que la famille, mais en gardant le style cosy de la grand-tante Rosemary.

Ce soir-là ils dînèrent sous la pergola de glycine en savourant la splendeur de l'été provençal. Puis, quand les enfants furent couchés, Kendra et Balthazar s'installèrent de nouveau dehors, sous les étoiles. Kendra choisit son siège favori, les genoux de Balthazar.

— Tu sembles particulièrement contente de toi, *agapi*

mou, murmura-t-il en l'embrassant dans le cou. Je me demande à quoi tu peux bien penser.

Elle pensait à la gloriette et à ce premier baiser qui l'avait tellement marquée. Elle pensait au bureau de New York, sur lequel elle avait perdu sa virginité, et qui les accueillait encore de temps en temps. Parce qu'ils aimaient y retourner pour célébrer le souvenir de leur première fois. Parce que leur passion était toujours plus brûlante.

Elle pensait à l'île – où ils avaient échangé leurs consentements devant le pope d'abord, puis avec les étoiles pour témoins, un peu plus tard –, où ils passaient le plus de temps possible.

— Dis-moi, insista Balthazar en parsemant son décolleté de baisers.

— À quoi je pense ?

Il leva la tête et elle lui sourit. Jamais elle n'aurait imaginé qu'on pouvait aimer quelqu'un à ce point… Ni qu'on pouvait être aimée à ce point. Parce que c'était ce qu'elle voyait dans les yeux de Balthazar. Son amour pour elle. Toujours plus fort, comme l'était le sien pour lui.

— À la vengeance, Balthazar. À la douceur de la vengeance ultime.

— C'est vrai qu'elle est douce, la vengeance… Je t'aime, Kendra.

Vous avez aimé *Ce secret dévoilé* ?
Découvrez un nouveau roman de Caitlin Crews
dès le mois de mars dans votre collection Azur !